Bernd Schreiber

Mister Fantastic & Miss World

Flitterwochen

© Urte Oehlert

Bernd Schreiber wurde 1952 in der Pfalz geboren. Bevor er mit dem Schreiben von Kinder- und Jugendbüchern begann, arbeitete er als freier Journalist für verschiedene Medien. Er lebt in Worpswede, liebt den Humor in der angelsächsischen Literatur und bevorzugt das Leben in der Provinz.
Weitere Titel von Bernd Schreiber bei dtv junior: siehe Seite 4

Bernd Schreiber

Mister Fantastic & Miss World Flitterwochen

Mit Vignetten von Barbara Scholz

Deutscher Taschenbuch Verlag

Von Bernd Schreiber sind außerdem bei dtv junior lieferbar:
Mister Fantastic & Miss World, dtv junior 70624
Mister Fantastic & Miss World – Turbulente Zeiten, dtv junior 70744

Der Autor dankt Herrn Svend Tougaard vom
Fischerei- und Seefahrtsmuseum in Esbjerg, Dänemark,
für die sachkundige Beratung.

Originalausgabe
In neuer Rechtschreibung
März 2004
Deutscher Taschenbuch Verlag GmbH & Co. KG, München
www.dtvjunior.de

Umschlagkonzept: Balk & Brumshagen
Umschlagbild: Barbara Scholz
Lektorat: Katja Korintenberg
Satz: Fotosatz Reinhard Amann, Aichstetten
Gesetzt aus der Akzidenz Grotesk und ITC Galliard 11,5/13,5
Druck und Bindung: Druckerei C.H. Beck, Nördlingen
Printed in Germany · ISBN 3-423-70833-6

FINN Diese Blindfische! Brachten einfach nicht den Ball ins Tor. Gleich würde es Verlängerung geben. Zwei Mal fünf Minuten! Machten zehn schreckliche Minuten, um die sich das Wiedersehen mit Jenny verlängerte. Bitte, Leute, versenkt den Ball ins Netz! Ich will nach Hause! Zu Jenny! Zu meiner Frau. Zu meiner über alles Geliebten. *Kapiert ihr das nicht?* Seit ich Jenny die SMS geschickt hatte, dass ich sie vermissen würde, ging es mir viel besser. Ich hatte beschlossen mich endgültig mit ihr zu versöhnen. Ich war jetzt wieder voll bei der Sache. Das hatte wohl auch der Trainer erkannt, denn Reinhold hatte mich für das Endspiel gegen die Krücken vom OSC aufgestellt. Ja, wir hatten tatsächlich das Endspiel erreicht. Super, nicht wahr? Es stand 1:1. Und es war höchstens noch eine Minute zu spielen. Dabei hätten wir 10:1 führen müssen, bei den Chancen, die Raffael und seine Stürmerkollegen hatten. Da war selbst bei der Altherrenmannschaft die Chancenverwertung größer. Ich konnte nicht mehr hinsehen. Nur weil die Jungs nicht fähig waren das Ei über die Linie zu drücken, würde Jenny noch länger auf mich warten müssen. Die Jungs brauchten Hilfe, ganz klar. Ich rannte nach vorne. Außer Svenni, unserem Torwart, war niemand mehr hinten. Ein zufälliger Konter vom OSC und die Flaschen hatten gewonnen. Das dachte sich wohl auch Reinhold und pfiff mich zurück. Es war mir egal. Von mir aus konnte er sich die Lunge aus dem Hals schreien und mich wegen Disziplinlosigkeit zu einer Geldstrafe von zehntausend Euro verdonnern oder mich aus der Mannschaft werfen. Ich wollte gewinnen und endlich zu meiner Jenny.

Raffael hatte sich an der Außenlinie den Ball erkämpft. Anscheinend hatte er gesehen, wie ich nach vorne stürmte, und dabei wohl meinen unbeugsamen Siegeswillen in meinen Augen erkannt. Jedenfalls flankte er den Ball genau in meine Richtung, dass ich eigentlich nur noch den Fuß hinhalten musste. Ich traf voll volley, mitten im Lauf. Das Ei flog im hohen Bogen über den verdutzten Torwart hinweg und landete im gegnerischen Netz.

»Tooor! Tooor!«

Die Jungs zerquetschten mich fast vor Freude.

Schade, dass nicht der Trainer der Nationalmannschaft als Beobachter am Spielfeldrand stand. Er hätte mich bestimmt in sein Team berufen – als jüngsten Nationalspieler der Welt. Zwanzig Sekunden später pfiff der Schiri ab. Yeah! So schnell kann man zum Helden werden.

Voller Anerkennung schlugen mir die Jungs immer wieder auf die Schulter. Wenn ich nicht aufpasste, war sie bald grün und blau. Auch Reinhold wusste meine Leistung zu schätzen und sparte nicht mit Lob. Tja, die Liebe! Unglaublich, was sie mit einem Menschen alles anstellen kann.

Nach der Siegerehrung, die für mein Empfinden endlos dauerte, eilte ich zu meiner Sporttasche, in der mein Handy steckte. Ich wollte unbedingt wissen, ob Jenny mir schon auf meine SMS geantwortet hatte – etwa so:

Ich vermisse dich auch.
Deine Jenny

Oder:

Ich sehne mich nach deiner starken Schulter, Liebster.

Oder etwas in der Art.

Doch nichts dergleichen. Merkwürdig. Irritiert legte ich das Handy zurück. Hatte Jenny ihr Gerät abgeschaltet und meine SMS noch gar nicht gelesen? Hm! Ein bisschen enttäuscht war ich schon.

»Das war echt das Tor des Monats!«, hörte ich Raffael auf einmal hinter mir sagen. Er klopfte mir zum hunderttausendsten Mal auf die Schulter.

»Tor des Monats?«, tönte ich. »Das war mindestens das Tor des Jahres! Wenn nicht sogar des Jahrhunderts!« Zu dumm, dass Jenny den Supertreffer nicht miterlebt hatte.

Nach dem Duschen packten wir alle unsere Sachen und dann ging es endlich mit dem Pokal Richtung Heimat. Unterwegs musste ich ständig an Jenny denken.

Dabei schaute ich aus dem Fenster und träumte vor mich hin. Ich träumte, dass unser Endspiel live im Fernsehen übertragen worden war und dass Jenny, die mich am Bildschirm bewundert hatte, mir bei meiner Rückkehr vor lauter Freude um den Hals fiel. Weil ich mich an den Bildern nicht satt sehen konnte, spulte ich die Szene immer wieder zurück und ließ den Film von vorn ablaufen. Vor lauter Glückseligkeit ging mein Herz jedes Mal von neuem auf – wie Hefeteig.

Beim Vereinsheim stiegen wir alle aus. Zum Abschied reichte mir Raffael die Hand, was er sonst nie tat. »Mach's gut, Alter!«, sagte er. »Von mir wird niemand was erfahren! Ich schwör's!«

»Hä?«, entgegnete ich. Ich hatte keinen blassen Schimmer, was er meinte.

»Deine Krankheit!«, flüsterte er.

Meine Krankheit? Er hatte wohl den Ball zu hart an den Kopf bekommen. Dann fiel es mir wieder ein: das Herz! »Mach dir wegen mir keine Sorgen«, beruhigte ich ihn. »Ich bin wieder über den Berg.«

»Echt?«

»Ich spüre es ganz deutlich. Es ist wie eine neue, Leben spendende Kraft, die durch meine Adern fließt. O Mann, ist das ein irres Gefühl! Als wäre ich ein zweites Mal geboren worden.«

»Mensch, bin ich froh!«, sagte Raffael erleichtert. Ich hätte schwören können, er hatte feuchte Augen.

JENNY Jede Stunde ohne Finn kam mir wie eine Woche vor. Ich wollte bei ihm sein, seine schöne Stimme hören, ihm in die wunderbaren Augen schauen, ihn ganz allein für mich haben. Ich konnte mich auf nichts anderes konzentrieren, so sehnte ich mich nach seiner Ankunft. Mama und Papa waren mit meinem kleinen Bruder Julian spazieren. Mama wollte unbedingt, dass ich mitkomme, aber ich habe mich mit Händen und Füßen dagegen gesträubt und mich schließlich durchgesetzt. Ich war doch nicht verrückt und vertrödelte die Zeit mit Spazierengehen und verpasste dadurch Finns Rückkehr. Alles was ich tat, um die Zeit zu überbrücken, tat ich mit halbem Herzen. Ob ich ein Buch las, fernsah, eine CD hörte, jedes Mal hatte ich nach fünf Minuten von der Beschäftigungstherapie genug. Ich war auch schon mehrmals nebenan bei Silke gewesen, in der Hoffnung, Finn wäre schon da. Aber ein Blick in ihr mitfühlendes Gesicht genügte, um zu wissen, dass er noch nicht eingetroffen war. Schließlich setzte ich mich an den Schreibtisch und malte tausend Herzen in meinen Collegeblock. Mindestens hundert Seiten füllte ich damit. Ich malte die Herzen mit Bleistift, mit Kuli, mit Füller, mit Filzstiften, mit Wachsstiften, mit dem Nagellack von Mama, das schönste aber malte ich mit ihrem Lippenstift. Zufrieden starrte ich auf das Werk, dann drückte ich meine Lippen darauf, als wäre es das Herz von Finn. Ich war so im Glücksrausch, dass ich den Lippenstift nahm und ein riesiges Herz auf die Tapete zeichnete. Ich war begeistert. Trotzdem wurde ich das Gefühl nicht los, dass etwas fehlte. Etwas Entscheidendes. Ich wusste auch schon, was. Ich setzte Mamas Lippenstift an und schrieb

FINN + JENNY

in das Herz. Jetzt war das Gemälde perfekt. Dann fing ich an mich im Kreis zu drehen, dazu sang ich: »Finn und Jenny! Finn und Jenny! Finn und Jenny! ...« Ich drehte mich so lange, bis mir schwindelig wurde und ich auf mein Bett fiel.

Plötzlich ging die Haustür auf. Papa und Mama waren von ihrem Spaziergang zurück. Ich nichts wie runter vom Bett und den Nagellack und Lippenstift von Mama wieder ins Bad gebracht. Jetzt hatte ich nur noch ein Problem: das Herz auf meiner Tapete! Papa und Mama würden Zustände kriegen, wenn sie es sahen. Obwohl es ja beinahe schon ein kleines Kunstwerk war. Nur würden sie für diese Art Kunst mit Sicherheit kein Verständnis haben. Da half nur Notplan J wie Jenny: Papa und Mama durften die nächsten zwei Jahre nicht das Zimmer betreten. Am besten, ich ging gleich runter, bevor noch jemand auf die Idee kam, mich zu besuchen.

»Und, wie war euer Spaziergang?«, empfing ich Papa und Mama auf der Treppe und tat so, als ob nichts wäre.

»Schön«, antwortete Mama. »Dir hätte es auch nicht geschadet, mit uns ein bisschen vor die Tür zu gehen.«

»Zwanzig Kilometer zu Fuß nennst du ein bisschen vor die Tür gehen?«, entgegnete ich. Ich kannte ihre sonntäglichen Gewaltmärsche querfeldein.

»Nun übertreibst du aber!«, sagte Mama.

»Sind wir wirklich zwanzig Kilometer gegangen?«, fragte Julian Mama.

»Deine Schwester erzählt Unsinn«, antwortete sie.

Ich streckte Julian die Zunge raus.

Mama musste natürlich zu ihm halten. »Sei nicht gleich wieder so ekelhaft zu ihm. Er hat dir nichts getan!«

»Na, was hat denn unsere Prinzessin den ganzen Nachmittag gemacht?«, erkundigte sich Papa und gab mir einen Kuss auf die Wange.

»Nichts Besonderes«, antwortete ich und musste an das Herz auf der Tapete denken.

»Bestimmt hat sie von ihrem Finn geträumt«, kicherte Julian.

Für die Bemerkung hätte ich ihm eine scheuern können. »Halt deinen dummen Mund!«, fauchte ich ihn an.

»Nicht so hitzig, Prinzessin!«, meinte Papa. »So abwegig ist die Vermutung ja nicht, oder?« Papa lächelte mich an.

»Und selbst wenn es so wäre, geht es den Blödmann nichts an!«, brauste ich dennoch auf.

»Typisches Zeichen von Entzugserscheinung«, meinte Mama trocken.

Jetzt fing sie auch noch damit an.

»Na, zum Glück ist Finn nicht auf der Fußballweltmeisterschaft«, gab Papa seinen Senf dazu. »Dann müsste unsere Prinzessin gleich mehrere Wochen auf ihren Prinzen warten!«

»Ihr seid doof!«, sagte ich und stapfte wütend nach oben.

»Du verstehst aber auch keinen Spaß!«, rief Mama hinter mir her.

Da sollte sie erst mal das Lippenstiftherz auf meiner Tapete sehen.

FINN »Jenny war ganz oft hier und hat nach dir gefragt«, sagte Leonie, kaum dass ich meine Sporttasche in der Diele abgestellt hatte.

»Stimmt das?«, erkundigte ich mich bei Silke.

Meine kleine Schwester Leonie hatte tatsächlich nicht gelogen. Yeah! Wusste ich es doch! Bestimmt wollte sich Jenny bei mir wegen der SMS bedanken. Ich wollte natürlich auf der Stelle rüber. Doch Silke beharrte wie üblich auf einem Begrüßungsschwätzchen.

»Vielleicht erzählt der Herr erst einmal, wie es beim Fußball war«, verlangte sie von mir.

Und das, obwohl ich schon halb draußen war. »Wir sind Turniersieger geworden!«, klärte ich sie in aller Kürze auf. »Ich habe das goldene Tor geschossen!«

»Toll!«, sagte Silke.

Die Siegerprämie konnte sie mir später überreichen. Jetzt hatte erst mal Jenny Vorrang. Und schwupp!, war ich weg.

Als könnte sie Gedanken lesen, kam mir Jenny auch

schon entgegen. Bei meinem Anblick strahlte sie über das ganze Gesicht. Gleich würde sie sich ihrem Geliebten an die Heldenbrust werfen. Ich war auf alles gefasst. Ich wollte schon meine Arme ausbreiten, um meine wunderschöne, zauberhafte Ehefrau, die ich so vermisst hatte, aufzufangen, als ihre Schritte auf einmal langsamer wurden und sie einen halben Meter vor mir stehen blieb.

»Hallo!«, säuselte sie und lächelte mich feenhaft an.

Mein Herz kippte vom Hocker und hatte eine ganze Weile mit sich selbst zu tun. »Hallo«, krächzte ich. Hätte sie die Hand ausgestreckt und mich gefragt, ob ich sie auf der Suche nach dem Paradies begleite, ich hätte nicht eine Tausendstelsekunde gezögert.

»Warum hast du mir nicht erzählt, dass ihr ein Fußballturnier habt«, erkundigte sich Jenny leicht gekränkt.

»Ähm, tut mir Leid!«, stammelte ich. »Muss ich wohl vergessen haben.«

»Eines Tages wirst du wohl auch mich vergessen«, meinte Jenny daraufhin ganz traurig.

»Wie könnte ich!«, beeilte ich mich zu sagen. Dass dem nicht so war, hätte sie eigentlich an der SMS merken müssen.

»Wir haben übrigens gewonnen!«, tönte ich. »Im Endspiel stand es 1:1. Alle hatten sich schon mit der Verlängerung abgefunden, als ich den Ball voll volley im Netz versenkte. Den hätte selbst der beste Torwart der Welt nicht gekriegt!« Dass mich die Sehnsucht nach ihr zu dieser Wahnsinnstat getrieben hatte, erzählte ich ihr nicht.

Spätestens jetzt hätte Jenny ihrem Helden um den Hals fallen müssen, so wie ich es auf der Rückfahrt geträumt hatte. Aber in den Träumen ist alles anders und hunderttausendmal leichter. Da erobert man im Handumdrehen die Herzen der Frauen, während man im richtigen Leben einen Korb nach dem anderen kriegt.

Jenny lächelte wieder ihr feenhaftes Lächeln. Ich verlagerte meinen Fuß etwas nach hinten, damit ich nicht das Gleichgewicht verlor, falls sie doch noch auf mich zugeflogen kommen sollte. Sie kam aber nicht geflogen. Sie blieb dort, wo sie war – lächelnd zwar –, aber mit der Standhaftigkeit einer vierzig Meter hohen Eiche.

»Eigentlich müsste ich dir böse sein«, meinte sie.

Ich kramte in allen möglichen Winkeln meines Erinnerungsvermögens, was ich falsch gemacht haben könnte. Hatte es etwas mit der SMS zu tun? »Warum?«, fragte ich verunsichert.

»Weil du mich angelogen hast!«, antwortete sie.

Ich und sie angelogen? Ich hatte nicht die geringste Eingebung, worauf sie hinauswollte.

»Ich spreche von den Blumen, die du mir geschenkt hast, als ich nach der Kanutour so krank war«, wurde Jenny deutlicher. »Die waren gar nicht von Silke. Sie waren von dir! Hat sie mir selbst erzählt. Es hat also keinen Zweck, es abzustreiten.«

»Na ja«, wand ich mich wie ein Regenwurm im Schnabel einer Nebelkrähe, »ich dachte, du würdest sie vielleicht nicht annehmen, wenn du erfährst, dass sie von mir sind. Wo du doch die Erkältung mir zu verdanken hattest.«

»Weißt du, was dein Problem ist?«, meinte Jenny.

Wusste ich nicht, aber ich war sicher, dass sie es mir gleich verriet, ob ich es hören wollte oder nicht.

»Du denkst zu viel!«

Das hatte noch niemand zu mir gesagt. Im Gegenteil. Silke meinte immer, dass ich viel zu wenig denken würde. Vor allem bei den Englischhausaufgaben. Wem sollte ich also glauben? Jenny? Silke? »Ich werde versuchen es mir abzugewöhnen«, versprach ich Jenny.

»Aber gar nicht denken ist auch nicht gut«, entgegnete sie spöttisch.

Was hatte der Spruch nun wieder zu bedeuten? Dass man es den Frauen auch nie recht machen kann! Ich fand es allmählich an der Zeit, dass sie auf meine SMS zu sprechen kam. Immerhin war es eine Liebeserklärung, die ich ihr geschickt hatte, und keine Matheformel. »Ja, dann gehe ich jetzt mal wieder«, sagte ich, obwohl mir überhaupt nicht danach war. Ich wollte sie nur ein bisschen unter Druck setzen.

»Schon?«

»Ja, weißt du, so ein Turnier ist ganz schön hart. Ich bin ziemlich kaputt. Werde mich wohl gleich in die Wanne legen.«

»Schade!« meinte Jenny, dabei blickte sie mir wie ein verwundetes Reh in die Augen, dass es mir einen Stich versetzte.

Und noch immer kein Wort von der SMS. Ich verstand ihr Schweigen nicht. Was hatte sie davon, mich so schmoren zu lassen? Enttäuscht kehrte ich ins Haus zurück.

Dumm gelaufen

JENNY An diesem Morgen war Finn ziemlich muffelig.

»Hast du was?«, fragte ich ihn.

»Was soll ich denn haben?«, fuhr er mir über den Mund.

»Ich weiß nicht«, sagte ich. »Du bist so komisch.«

»Ich fürchte, das Turnier steckt mir noch in den Knochen«, sagte Finn mürrisch.

Irgendwie hatte ich das Gefühl, dass es nur eine Ausrede war. »Oder bist du sauer auf mich?«, fragte ich.

»Warum sollte ich auf dich sauer sein?«, entgegnete er leicht gereizt.

»Du hast auch keinen Grund«, versicherte ich ihm. »Wo ich heute Nacht so schöne Sachen von uns geträumt habe. Wir waren nämlich in den Flitterwochen.«

»In den Flitterwochen?« Finn guckte, als befürchtete er, ich könnte über Nacht den Verstand verloren haben.

»Schließlich sind wir miteinander verheiratet«, erinnerte ich ihn. »Und wir haben noch keine Flitterwochen gemacht. Ich habe geträumt, wir wären in Tunesien gewesen. Oder in Marokko. Jedenfalls sind wir auf Kamelen durch die Wüste geritten und im Swimmingpool geschwommen.«

»In der Wüste im Swimmingpool«, wiederholte Finn, als hätte ich mir in der afrikanischen Sonne einen Sonnenstich geholt. »Mit Kamelen!«

»Im Swimmingpool vom Hotel natürlich!« Ich hatte auf dem Bauch gelegen. Finn rieb mir den Rücken mit Sonnencreme ein. Wie zärtlich er dabei war. Ich kriegte eine richtige Gänsehaut und drehte mich langsam zur Seite. Wir sahen uns lange an. Dann beugte sich Finn zu mir herab und wir küssten uns lang und innig.

»In Afrika wäre es mir viel zu heiß!«, holte Finn mich in die Wirklichkeit zurück.

FINN Aus dieser Frau sollte einer schlau werden. Mit keiner Silbe meine SMS erwähnen, aber mir was von Flitterwochen erzählen wollen. Ich kam damit einfach nicht klar. Da war ich nun einmal im Leben über meinen eigenen Schatten gesprungen, indem ich ihr ganz spontan mitteilte, was ich empfand – dass ich sie nämlich vermisste –, und sie wusste das nicht einmal zu würdigen. Ich hätte wegen ihr fast meine Teamkollegen im Stich gelassen und wäre mitten im Turnier zu Fuß nach Hause marschiert, nur um ihr zu sagen, wie sehr ich sie liebe. Wie ich die Sache einschätze, hätte ich mich ganz schön zum Trottel gemacht. Oder zum Kamel. Das kam mir an dem Morgen alles wieder hoch und deswegen war ich ihr gegenüber auch so abweisend.

Das blieb auch so während der Fahrt mit dem Bus. Bei der Steffanikirche stiegen wir aus. Hier trennten sich wie gewöhnlich unsere Wege.

»Wann?«, fragte mich Jenny auf einmal. Obwohl ich nun wirklich keinen Charme versprühte, lächelte sie mich an.

Ich war zu sehr mit mir beschäftigt und den Umständen, die zu meiner schlechten Laune geführt hatten, dass ich zuerst gar nicht begriff, was sie meinte.

»Ist dir eigentlich klar, dass wir das schon ganz lange nicht mehr gemacht haben«, sagte Jenny. Es klang wie ein Vorwurf, und wie ich sie kenne, sollte es wohl auch einer sein.

Die Erinnerung kehrte mit Turbogeschwindigkeit zurück. Sie wollte, dass ich ihr eine genaue Uhrzeit nannte, zum Beispiel: 11 Uhr 34. Um 11 Uhr 34 würden wir dann ganz fest aneinander denken, sie an mich und ich an sie. Eine Minute lang. Wie früher. Große Lust hatte ich nicht dazu. Nicht an diesem Morgen.

»Oder findest du das neuerdings blöd?«, fragte Jenny.

Blöd nicht. Es war nur nicht der richtige Zeitpunkt. Trotzdem würde es kein Entrinnen geben. »Um 8 Uhr 19!«, schlug ich gegen meine Überzeugung vor. Wenigstens würde ich es bald hinter mir haben.

»Ich werde ganz doll an dich denken!«, sagte Jenny mit einer Wärme und Zärtlichkeit in ihrer Stimme, die mich ein wenig verlegen machte.

Ich bekam fast ein schlechtes Gewissen, weil ich ihre Gefühle nicht erwidern konnte. Es ging einfach nicht. Ich war erst vierundzwanzig Stunden zuvor über meinen eigenen Schatten gesprungen. Zweimal hintereinander, das bringt kein Mann auf dieser Welt.

Wie immer kam Jennys Bus zuerst. Sie lächelte mir zum Abschied zu. Mehr als eine Grimasse kriegte ich nicht zustande.

Im Unterricht blickte ich ständig auf die Uhr. Ich wollte den Zeitpunkt auf keinen Fall verpassen. Nicht, um an sie zu denken. Ich hatte mir vorgenommen mich in Gedanken mit allem zu beschäftigen, nur nicht mit Jenny. So enttäuscht war ich wegen der SMS.

Um 8 Uhr 19 war es so weit. Ich musste mich richtig bemühen, dass Jenny nicht meine Gedanken beherrschte. Ich versuchte mich auf Tiere zu konzentrieren, auf Löwen, Elefanten, Schlangen, Tiger, Krokodile. Sogar an Haie dachte ich. Und trotzdem passierte es immer wieder, dass Jennys Gesicht auftauchte. Es mogelte sich regelrecht zwischen die zahlreichen Tierbilder. Ich verlor jegliche Kontrolle über das Geschehen. Das Krokodil wurde plötzlich wütend und schnappte nach Jenny, der Hai zog sie unter Wasser, der Löwe setzte zum Sprung auf sie an. Doch Jenny überlebte jedes Mal ...

JENNY Ich konnte nur hoffen, dass sich Finns Laune bald wieder besserte. Wenn es wirklich stimmte, dass seine Gemütsverfassung eine Folge des Fußballturniers war, sollte er vielleicht die Sportart wechseln. Oder gänzlich mit dem Sport aufhören. Trotzdem konnte ich es kaum erwarten, bis es 8 Uhr 19 war. Jetzt würden unsere Seelen miteinander verschmelzen. Nichts und niemand konnte uns trennen, keine Klassenarbeit, kein Vokabeltest, nicht einmal Melli, die neben mir saß und eigentlich meine Hilfe brauchte, weil sie nicht in der Lage war, Herrn Wipperfürth, den wir in Welt-/Umweltkunde hatten, zu erklären, wie die Gezeiten entstehen. Finn hatte eindeutig Vorrang. Ich musste wieder daran denken, wie wir uns am Swimmingpool geküsst hatten ... Mein Herz zerfloss wie Spaghettieis in der Backröhre. Ein Kuss von Finn! Wenn das doch endlich wieder wahr würde!

FINN Irgendwann schaffte ich es dann, Jenny aus meinen Gedanken zu verdrängen. Meine schlechte Stimmung aber blieb. Das änderte sich auch nicht, als es zur ersten großen Pause klingelte. Frederik aus meiner Klasse erzählte, Borussia hätte beschlossen Romero für dreißig Millionen Euro an den AC Turin zu verkaufen. Ich wollte es nicht glauben. Ausgerechnet Romero. Ihren besten Mann. Den Torschützenkönig der letzten Saison. Ohne ihn war die Mannschaft nur noch die Hälfte wert. Die Nachricht musste ich unbedingt an Raffael weitergeben. Raffael war wie ich Borussiafan. Ich fand seinen Eierkopf in der

Menge und wollte zu ihm hin. Als er mich bemerkte, entfernte er sich schnell. Ich dachte mir nichts dabei, eilte ihm nach und hatte ihn bald eingeholt. Froh schien er über mein Auftauchen nicht zu ein. Aber auch diese Beobachtung beunruhigte mich in keiner Weise.

»Hast du schon gehört, Borussia will Romero an den AC Turin verkaufen!«, teilte ich ihm voller Empörung mit. »Für dreißig Millionen Euro!«

»Ist mir doch egal!«, sagte Raffael und ging einfach weiter.

Ich gleich hinterher. »Kapierst du nicht? Sie wollen Romero verscheuern! Jeden anderen, nur nicht Romero! Die vom Verein haben doch keine Ahnung!«

Raffael behielt sein Tempo bei.

Schon war ich wieder neben ihm. »Mann, kannst du nicht mal für eine Minute stehen bleiben?«

Raffael hielt abrupt inne. »Wenn einer keine Ahnung hat, dann bist du es!«, pflaumte er mich an.

»Aber ohne Romero verlieren die jedes Spiel!«, ereiferte ich mich.

»Um Fußball geht es doch gar nicht!«, entgegnete Raffael aufgebracht.

»Um was dann?«

»Darum, dass ich auf Mädchen stehe und nicht auf Jungs!«, flüsterte Raffael auf einmal und blickte sich ängstlich um.

Nicht auf Jungs? Was sollte das nun wieder heißen? »Klar stehst du auf Mädchen«, beruhigte ich ihn.

»Und warum schickst du mir dann so 'ne SMS?«, schnauzte er mich an.

»Was für eine SMS?«, fragte ich.

»Das musst du doch am besten wissen!«, ereiferte sich Raffael. Wenn er sich weiter so aufregte, kriegte er noch einen Herzinfarkt.

»Kannst du mal Klartext reden!«, forderte ich. »Ich habe dir überhaupt keine SMS geschickt!«

Raffaels Stimme wurde wieder etwas gedämpfter. »Ich vermisse dich! Dein XYZ! Die SMS stammt wohl nicht von dir!«

Was anfangs eher ein dumpfes Gefühl war, hier könnte möglicherweise etwas nicht stimmen, entwickelte sich plötzlich zur grausamen Gewissheit, dass etwas furchtbar schief gelaufen war.

Ich war am Boden zerstört, lag quasi als Schutthaufen zu meinen eigenen Füßen. »Hör zu«, war ich um rasche Aufklärung bemüht, »die SMS war nicht für dich! Die war für Jenny!« Kein Wunder, dass sie die Nachricht mit keinem Sterbenswörtchen erwähnt hatte. O Mann, ich Esel! Ich Kamel! Das größte Kamel aber war Raffael.

»Wieso hast du mir nicht gleich Bescheid gesagt?«, stellte ich ihn zur Rede. Dann wäre ich doch niemals so blöd zu Jenny gewesen! »Dir muss doch klar gewesen sein, dass die Nachricht nicht für dich war!«

»Ich ... ich dachte ... ich dachte, du wärst andersherum!«, stammelte Raffael.

»Andersherum?«

»Na ja, irgendwie schwul!«

»Klar doch!«, entgegnete ich voller Mitleid. »Weil ich schwul bin, habe ich Jenny geheiratet! Mann, Mann, ich glaube, du solltest mal dein Gehirn untersuchen lassen!«

Raffael nuschelte etwas von Entschuldigung. Nur konnte ich mir davon herzlich wenig kaufen.

»Was hatte eigentlich dieses XYZ, oder was darunter stand, zu bedeuten?«, wollte er daraufhin wissen.

»Das hieß nicht XYZ, das hieß DdlF, **d**u **d**usselige, **l**eere **F**lasche!« Mit diesen Worten ließ ich den Trottel stehen.

Ich brauchte Stunden, bis ich mich von dem Schock erholt hatte. Da war Jenny so nett zu mir gewesen und ich hatte mich wie ein Idiot benommen. Wie konnte ich das nur wieder gutmachen? Eine Entschuldigung war das Mindeste. Doch mit einer Entschuldigung allein war es nicht getan. Hätte ich jetzt nur mein Handy dabeigehabt. Dann hätte ich ihr dieselbe SMS noch mal geschickt und die Angelegenheit wäre geklärt gewesen. Am besten, ich überhäufte sie mit Edelsteinen oder ich schenkte ihr einen Mercedes. Oder ein Haus. Oder Blumen. Ja, gleich nach der Schule würde ich Jenny Blumen kaufen. Von mir aus auch den ganzen Blumenladen. Geld sollte keine Rolle spielen.

»Finn, würdest du bitte mal wiederholen, was ich gerade gesagt habe!«

Ein Schatten fiel auf mein Gesicht. Es war der Schatten von Frau Schmidt-Blohm. Sie unterrichtete uns in Deutsch. Plötzlich spürte ich Arkans Ellenbogen in meiner Seite.

»Ähm, ja?« Ich guckte Frau Schmidt-Blohm verlegen an, hielt ihrem spöttischen Blick aber nicht lange stand. Da merkte ich, dass mein Block noch aufgeschlagen war, in den ich die ganze Zeit hineingemalt hatte. Ich wollte ihn schnell zuklappen, doch Frau Schmidt-Blohm war eine entscheidende Idee schneller – sie nahm den Block an sich.

»Du wolltest mir gerade erklären, wie man nach dem Dativ-Objekt fragt«, sagte sie.

Dativ-Objekt? Was war noch mal ein Dativ-Objekt? »Ähm, wollte ich das?«, erkundigte ich mich vorsichtshalber. Vielleicht hatte sie ja jemand ganz anderen gemeint. Arkan zum Beispiel.

»Ja, das wolltest du!«

»Komisch«, sagte ich, »ich kann mich gar nicht daran erinnern.«

»Das glaube ich dir gern«, meinte Frau Schmidt-Blohm. »Weil du ganz andere Dinge im Kopf hast. Das hier nämlich!« Und dann hielt sie den Block hoch, so dass jeder in der Klasse sehen konnte, was ich auf das Blatt gemalt hatte: ein Herz mit einem Pfeil hindurch. Darüber hatte ich im Halbkreis Jennys Namen geschrieben.

Die ganze Klasse lachte, obwohl jeder wusste, dass ich mit Jenny verheiratet war. Schwachköpfe!

»Lacht nicht!«, sagte Frau Schmidt-Blohm zur Klasse. »Eigentlich hat Finn einen fabelhaften Beitrag zum Unterricht geliefert. Wie fragt man nach einem Akkusativ-Objekt, Arkan?«

»Wem?«, antwortete Arkan unsicher.

Frau Schmitt-Blohm verdrehte die Augen. »Frauke, könntest du Arkan die richtige Antwort geben!«

»Wen oder was!«, rief Frauke.

»Gut!« Frau Schmidt-Blohm ging nach vorne und hielt meinen Block von neuem in die Höhe. »Wen liebt Finn?«, fragte sie schließlich in die Runde, wobei sie jedes Wort einzeln betonte.

»Jenny!«, rief die Klasse im Chor.

Es war die peinlichste Deutschstunde, die ich je erlebt hatte. Jetzt wäre ich liebend gern in Afrika gewesen und mit Jenny auf einem Kamel durch die glühend heiße Wüste geritten.

»Was für ein Objekt ist dann Jenny?«, fragte Frau Schmidt-Blohm die Klasse.

»Ein schönes Objekt!«, rief Arkan.

Ich hätte Arkan eine scheuern können. Die ganze Klasse war nur noch am Wiehern!

Doch Frau Schmidt-Blohm ließ nicht locker. »Welche Antwort wollte ich hören, Frauke?«

»Ein Akkusativ-Objekt!«

»Wunderbar!«, sagte Frau Schmidt-Blohm und gab mir meinen Block zurück. »Ich fände es begrüßenswert, wenn du meinen Unterricht öfter mit solch schöpferischen Beiträgen beglücken würdest«, meinte sie noch zu mir.

Kurz darauf klingelte es. Was war ich froh, dass die Schule endlich aus war.

JENNY »Wieso kommt da jetzt ein Adjektiv hin und kein Adverb?«, jammerte Melli.

»Weil nach is oder are kein Adverb steht, sondern ein Adjektiv!«, erklärte ich ihr zum tausendsten Mal.

»Das werde ich nie kapieren!«, stöhnte Melli.

Wie wahr. Melli hatte schon immer Schwierigkeiten mit der englischen Grammatik gehabt. Und weil sie in der letzten Englischarbeit unbedingt eine Drei schreiben musste, damit sie auf dem Zeugnis noch eine Vier bekam, hatte ich ihr versprochen ab und zu mit ihr zu üben. Heute stellte sie sich besonders dusselig an. Sie war überhaupt kein bisschen konzentriert. Ich wäre viel lieber bei Finn gewesen. Wie es ihm wohl ging? Ob er immer noch so muffelig war?

Wir waren beim letzten Satz der Übung angelangt. Melli wollte ein Adjektiv einsetzen.

»Doch kein Adjektiv!«, sagte ich.

»Na schön, dann eben ein Adverb!«, entgegnete

Melli. »Ich habe sowieso keine Lust mehr!« Angeödet klappte sie das *Workbook* zu.

»Die hattest du von Anfang an nicht!«, sagte ich.

»Da könntest du Recht haben«, meinte Melli. »Es gibt Wichtigeres als Englisch! Zum Beispiel ... ach, schon gut!« Sie wurde auf einmal ganz verlegen.

»Zum Beispiel?«, hakte ich nach.

»Nichts!«, wich Melli aus und fummelte an ihrer Federmappe herum.

»O nein! Nicht schon wieder!«, stöhnte ich, von einer plötzlichen Ahnung aufgeschreckt.

Melli packte ihr *Workbook* weg ohne auf meinen Aufschrei einzugehen. Ein deutliches Zeichen, dass ich mit meiner Vermutung richtig lag.

»Sag, dass es nicht wahr ist!«, flehte ich sie an.

»Was?«, tat sie unschuldig.

»Du weißt ganz genau, was ich meine!«, sagte ich. »Du bist wieder verliebt!«

»Du spinnst!«, entgegnete sie. Sie hatte schon mal besser gelogen.

»Wer ist es diesmal?«

Melli seufzte. Ihr Widerstand war gebrochen. »Das glaubst du mir sowieso nicht«, wimmerte sie.

»Doch nicht schon wieder dieser Malte!«, stöhnte ich.

»Quatsch! Der ist viel zu alt!«

Auf einmal. Aber als ich mir erlaubt hatte sie darauf hinzuweisen, wollte sie kein Wort davon hören. »Also wer?«, drängte ich. Ich wollte nicht den ganzen Nachmittag bei ihr verbringen. Mein Herz hatte ein immer größer werdendes Verlangen nach Finn. Ich musste Acht geben, dass es nicht vorauseilte. »Kenne ich ihn?«

»Könnte man sagen«, druckste Melli herum.

»Woher?«

»Du darfst mir aber nicht böse sein!«, jammerte sie.

»Woher?«

»Erst musst du mir versprechen, dass du nicht böse auf mich bist!«

»Meinetwegen!«, entgegnete ich, um nicht noch mehr Zeit zu verlieren.

»Es ... es hat mit einem kleinen, gelben Ball zu tun«, redete sie weiter um den heißen Brei herum.

Mit einem kleinen, gelben Ball? »Meinst du etwa Lennard?«, platzte es aus mir heraus. Lennard war leidenschaftlicher Tennisspieler und ein schlechter Verlierer.

»Du hast ja Finn den Vorzug gegeben!«

»O Gott!«, stöhnte ich und sackte in mich zusammen. Von hunderttausend Jungs musste sie sich ausgerechnet in den verlieben, dem ich den Laufpass gegeben hatte. »Aber ich habe dir doch erzählt, was für ein Typ das ist!«

»Mir gefällt er!«, entgegnete Melli bockig.

Dieser Frau war wirklich nicht zu helfen. »Hast du nicht erst neulich gesagt, dass du dich nie wieder in einen Jungen verlieben wirst?«

FINN Ich betrat zum ersten Mal in meinem Leben einen Blumenladen. Ein Glöckchen bimmelte. Auch das noch. Ich wollte nicht gleich die ganze Aufmerksamkeit auf mich ziehen. Eine Verkäuferin bediente gerade eine Kundin. Mir war das recht, so hatte ich wenigstens Zeit, mich ungestört umzuschauen. Noch hatte ich keinerlei Vorstellung, was für Blumen ich Jenny kaufen sollte. Es gab einfach zu viele davon in dem Laden.

Eine zweite Verkäuferin kam in den Verkaufsraum, eine etwas ältere Frau – möglicherweise die Chefin –, und fragte mich, was ich auf dem Herzen hätte.

O je, wenn ich ihr das alles erzählte, würden wir noch in zwei Jahren hier stehen. Weil mir dazu aber die Zeit fehlte, kam ich gleich zur Sache. »Ich wollte ein paar Blumen haben«, antwortete ich, was sie sich wahrscheinlich gedacht hatte, denn nach Handys oder Computerspielen würde man hier vergeblich Ausschau halten.

»Möchtest du einen Strauß?«, fragte mich die Verkäuferin.

Mein Blick fiel auf einen Eimer mit lauter roten Rosen darin. Zwei Euro sollte der Spaß kosten. Günstiger würde ich es wahrscheinlich nirgends bekommen. »Kosten die alle zusammen zwei Euro?«, erkundigte ich mich und freute mich schon auf das Schnäppchen.

»Das ist der Stückpreis«, antwortete die Verkäuferin mit einem Anflug des Bedauerns.

Stückpreis? Da würde ich ja mein Sparbuch plündern müssen, wollte ich Jenny einigermaßen glücklich machen.

»Sollen die Blumen für deine Mutter sein?«

»Ja. Ähm, nein!«, wand ich mich.

»Für die Oma?«

»Ähm, nicht direkt. Ein bisschen jünger ist die Person schon.«

»Und wie viel jünger, wenn ich fragen darf?«

»Na ja, ungefähr so in meinem Alter.«

»Verstehe«, lächelte die Verkäuferin. »Dann suchst du also etwas für deine Freundin.«

Ertappt! Am besten, ich widersprach ihr nicht – umso schneller kam ich hier wieder raus.

»Wie viel möchtest du denn ausgeben?«

»Alles, was ich habe!«, tönte ich.

»Oh! Und das wäre?«

Ich traute mich kaum es ihr zu sagen. »Ähm, zwei Euro fünfzig.« Mehr hatte ich in meinem Geldbeutel nicht gefunden.

Zu meiner Erleichterung bewahrte die Verkäuferin ihre Fassung und schaute sich kurz um. »Wie wäre es denn damit?«, fragte sie mich und zeigte auf ein paar blaue Rosen. »Die sind momentan bei jungen Leuten sehr beliebt.«

Blaue Rosen! Cool! »Wie viele davon bekomme ich für mein Geld?«, fragte ich.

»Eine!«

Ich musste erst einmal kräftig schlucken. Eine! Nicht gerade eine beeindruckende Menge.

»Damit machst du deiner Freundin bestimmt eine Freude«, versuchte die Verkäuferin mir die Sache etwas schmackhafter zu machen. Sie blickte mich erwartungsvoll an.

Hm. Wenn man bedenkt, dass ich ursprünglich mit

dem Gedanken gespielt hatte, den ganzen Laden aufzukaufen, war von meinem Plan nicht viel übrig geblieben. »Okay!«, rang ich mich schließlich zu einer Entscheidung durch. Eine Rose – dazu noch eine in Blau – war allemal besser als gar keine Blumen.

Die Verkäuferin beglückwünschte mich zu meiner Wahl und packte die Rose in Papier. Um zwei Euro fünfzig ärmer, aber stolz wie der Bezwinger des Mount Everest, verließ ich den Blumenladen und klingelte wenig später bei Jenny an der Haustür.

Niemand machte auf. Na toll! Wie ich das hasse. Nie laufen die Dinge so, wie man sie geplant hat. Dabei hätte alles so einfach sein können: Jenny macht die Tür auf, ich überreiche ihr die blaue Rose, sage ein paar nette Worte zu ihr – zum Beispiel, dass sie die schönste Frau der Welt ist –, so dass Jenny vor lauter Rührung den Tränen nahe ist und wir endlich einander um den Hals fallen. Denkste. Von Jenny keine Spur. Auch hinter dem Haus war sie nicht. Jetzt war guter Rat teuer. Bis Jenny zurück war, konnten Stunden vergehen. Bis dahin wäre die Rose längst verwelkt und ich vor Ungeduld mit den Nerven am Ende. Nein, die Angelegenheit duldete keinen Aufschub. Jenny musste sofort kommen! Und ich hatte auch schon eine Idee, wie ich sie dazu bringen konnte. Aber dieses Mal würde ich keinen Fehler machen.

JENNY »Bitte, Jenny!«, flehte Melli. »Wenn du ein gutes Wort für mich einlegst, habe ich viel größere Chancen bei ihm!«

Melli wollte unbedingt, dass ich sie mit Lennard verkuppelte. Manchmal tickte die Gute nicht mehr ganz richtig. »Hast du nicht!«, sagte ich. »Du vergisst ganz, was zwischen mir und Lennard vorgefallen ist. Der würde mir keine dreißig Sekunden zuhören.«

»Würde er schon«, meinte Melli. »Wenn du dich gleich am Anfang bei ihm entschuldigst.«

»Bist du verrückt? Warum sollte ich mich bei ihm entschuldigen?«

»Doch nur so! Damit er dir zuhört. Dann kannst du ja langsam auf mich zu sprechen kommen – dass ich deine beste Freundin wäre und ihn gerne kennen lernen möchte und so.«

»Du und meine beste Freundin!«, warf ich ein. »Wenn du meine beste Freundin wärst, würdest du mir nicht so einen Vorschlag machen! Meinst du, ich habe keinen Stolz?«

»So kriege ich nie einen Mann!«, jammerte Melli.

»Du siehst ihn doch jeden Morgen in der Schule«, sagte ich. »Warum gehst du nicht einfach hin und fragst ihn, ob er nicht mal Lust hat, sich mit dir zu verabreden?«

»Ich kann ihn doch nicht einfach so ansprechen!«, meinte Melli. »Er kennt mich doch gar nicht!«

»Dann lernt er dich eben kennen!«, entgegnete ich trocken.

Plötzlich ertönte mein Handy. Eine SMS. Ich schaute sofort nach. Eine Nachricht von Finn:

SOS! Ich muss dich sofort treffen – sonst bin ich erledigt! Ich warte auf dich bei unserer Bank.
Finn

Ein gewaltiger Schreck rammte mein Herz. *Sonst bin ich erledigt!* Wie entsetzlich das klang! Hoffentlich war ihm nichts passiert. »Ich muss sofort zu Finn!«, sagte ich zu Melli und sprang auf.

»Und was ist mit mir?«, jammerte sie.

»Ruf doch bei Pro Sieben an!«, riet ich ihr in der Hektik und schnappte meine Schultasche. »Die verkuppeln die aussichtslosesten Fälle. Vielleicht laden sie ja dich und Lennard ein.«

»Sehr witzig!«, hörte ich Melli noch sagen, dann war ich draußen.

Zum Glück kam gerade ein Bus, so dass ich zwei Haltestellen mitfahren konnte. Mein Herz schlug wie wild. Nicht, dass ich zu spät kam und Finn war nicht mehr da. Ich Dussel! Bestimmt wartete er auf eine Antwort von mir. Ich nahm mein Handy und schickte ihm eine SMS:

Keine Sorge. Bin schon unterwegs.
Jenny

Die Bank, bei der er auf mich warten würde, befand sich in unmittelbarer Nähe des Ferienhauses, wo Finn und ich nach unserer Hochzeit eine Zeit lang gelebt hatten. Ein Spazierweg führte daran vorbei. Früher hatten wir dort ganz oft gesessen. Es war ein ruhiges Plätzchen, geschützt von zahlreichen Bäumen, ideal für verliebte Paare. Sonderbar, dass er ausgerechnet diesen Ort als Treffpunkt ausgesucht hatte.

Beim Aussteigen hätte ich fast eine alte Frau umgerannt, doch für eine Entschuldigung hatte ich keine Zeit. Jede Sekunde zählte. Ich fing an zu rennen. Allerdings hielt ich das Tempo nicht lange durch, allein schon wegen der schweren Schultasche. Am liebsten hätte ich sie irgendwo über den Zaun geworfen. Jetzt noch den Feldweg rein und ich hatte es bald geschafft. Hoffentlich würde Finn auch wirklich auf mich warten.

Ein junger Bernhardiner kam mir entgegen, gefolgt von seinem Frauchen.

Wenn Finn noch da war, musste sie ihm begegnet sein. »Haben Sie vorhin einen Jungen auf einer Bank gesehen?«, fragte ich die Frau völlig außer Atem.

Die Frau hielt inne. »Ja, da hat einer gesessen«, antwortete sie. Dabei lächelte sie ganz komisch.

Das Lächeln gefiel mir gar nicht. Besorgt eilte ich weiter. Dann stand ich vor ihm. Finn saß auf der Rückenlehne der Bank, die Füße dort, wo eigentlich der Po hingehörte. Ich sah gerade noch, wie er etwas hinter seinem Rücken verschwinden ließ.

»Ich hatte schon befürchtet, du wärst nicht mehr da!«, keuchte ich und ließ die Tasche ins Gras fallen.

»Ich hätte ewig und drei Tage auf dich gewartet«, meinte er und grinste mich an.

»Was ist passiert?«, erkundigte ich mich. Sein Grinsen verunsicherte mich.

»Erinnerst du dich noch an die Bank?«

»Natürlich erinnere ich mich noch an die Bank!«, antwortete ich irritiert. »Früher sind wir fast jeden Tag hier gewesen. Aber was hat das mit deiner SMS zu tun? Steckst du in Schwierigkeiten?«

»Das kann man wohl sagen!«, meinte Finn jetzt mit ernstem Gesicht.

Mein Herz rutschte bis in die linke Kniekehle, wo es sich auf das Schlimmste gefasst machte.

»Aber du kannst mir aus dem Gröbsten heraushelfen«, ließ Finn mich weiter im Ungewissen.

»Wie denn?«, wollte ich endlich wissen.

»Indem du das hier entgegennimmst!«, antwortete Finn – diesmal wieder mit einem breiten Grinsen –, holte etwas hinter seinem Rücken hervor, entfernte das Papier und überreichte mir mit einem verlegenen Lächeln eine wunderschöne blaue Rose. Es war die schönste Rose, die ich je gesehen hatte.

»Für mich?«, fragte ich ganz verdattert. Mein Herz hüpfte vor lauter Glück an seinen ursprünglichen Platz zurück.

FINN »Oh!«, sagte ich und tat so, als wollte ich die Rose wiederhaben. »Die war eigentlich für ein anderes Mädchen bestimmt.«

»Wehe!« Jenny wich zurück, damit ich ihr die Rose nicht wegschnappen konnte. »Die ist wunderschön!«

»Habe ich mit einem Privatjet des Sultans von Oman einfliegen lassen«, antwortete ich. »Der Sultan ist mein Freund.«

»Spinner!«

»Jedenfalls ist sie nicht aus unserem Garten.«

»Und wie komme ich zu dieser Ehre?«, fragte Jenny und sah mich mit einem honigsüßen Lächeln an.

Ah, dieses Lächeln! Dieser Blick! Wenn sie beides noch lange beibehielt, würde ich entweder wie eine Fliege an ihren süßen Lippen enden oder ich lief Gefahr, bis auf den tiefen Grund ihrer klaren, blauen Augen zu sinken, was sicherlich ein herrlicher Tod wäre, würde er nicht um hundert Jahre zu früh eintreffen. »Ja, weißt du ...«, stammelte ich – jetzt erwartete mich der schwierigste Teil der Mission – »die Rose ist dafür, weil ... weil ich so blöd zu dir gewesen bin. Ich war sauer auf dich. Weil du nicht auf meine SMS reagiert hast.«

»Ich habe dir doch sofort geantwortet und mich auf den Weg gemacht!«, beteuerte Jenny verwirrt.

»Nicht *die* SMS!«, sagte ich. »Ich meine die, die ich dir geschickt habe, als ich beim Fußballturnier war.«

»Ich habe keine SMS bekommen!«, versicherte Jenny.

»Weiß ich«, beruhigte ich sie. »Sie muss irgendwie fehlgeleitet worden sein. Das ist mir erst heute Morgen klar geworden.« Dass die SMS bei Raffael gelandet war, musste ich ihr ja nicht unbedingt auf die Nase binden. Die Angelegenheit war schon peinlich genug.

»Was war das denn für eine SMS?«, wollte Jenny wissen.

»Ach, nichts Besonderes«, behauptete ich, nahm mein Handy und schickte ihr dieselbe SMS noch mal:

Ich vermisse dich!
DdIF

Es kostete mich kein bisschen Überwindung. Entweder mein Plan klappte oder er klappte nicht – der Plan, mich endgültig mit Jenny zu versöhnen.

Jenny hatte die Nachricht kaum erhalten, als ein strahlendes Lächeln ihr Gesicht erhellte. »Das nennst du nichts Besonderes?«, beschwerte sie sich und spielte die Beleidigte.

Sie war eine glänzende, eine bezaubernde Schauspielerin, und schön obendrein. Es wurde Zeit, dass ich ihr ein Geständnis machte. »Ich ... ich liebe dich!«

Jenny setzte wieder ihr honigsüßes Lächeln auf. Diese Lippen! *›Küss uns! Küss uns!‹*, flehten sie mich regelrecht an.

Für dieses Opfer war ich nur allzu gern bereit. Aber dazu musste ich mich erst mal von der Bank erheben. Während sich unsere Gesichter immer näher kamen, blickten Jenny und ich einander tief in die Augen. Plötzlich schlang sie ihre Arme um meinen athletischen Körper, dann trafen sich unsere Lippen. Die Ankoppelung einer Raumfähre hätte nicht präziser sein können. Es war unser erster Kuss seit Wochen. Und was für einer! Ich musste aufpassen, dass ich nicht zwischen Jennys Armen zerrann und im Boden versickerte.

JENNY Finns Kuss war sanft wie der Flügelschlag eines Engels. So himmlisch küsste sonst keiner, da war ich mir absolut sicher. Selbst Richie, der eine neue CD herausgebracht hatte und den ich immer noch verehrte, würde ihm in dieser Beziehung nicht das Wasser reichen. Sektkorken knallten in meinem Kopf, gefolgt von einem grandiosen Feuerwerk.

»Ich liebe dich auch!«, hauchte ich, kaum dass sich unsere Lippen getrennt und wir wieder einigermaßen Luft zum Atmen hatten.

Finn lächelte mich an. Worte waren nicht mehr nötig. Wir verstanden uns auch so.

Ich bückte mich nach meiner Schultasche, doch Finn nahm sie einfach an sich. Er wollte sie für mich tragen. Finn, der Kavalier – wie schön. Schweigend ergriff ich seine Hand. Händchen haltend marschierten wir los. So müsste es immer sein – bis an mein Lebensende.

Pack die Badehose ein

FINN Ich war so glücklich, dass ich jedem Käfer, jeder Ameise, jedem Vogel am liebsten erzählt hätte, dass Mister Fantastic und Miss World wieder ein richtiges Liebespaar waren. Ich ging nicht, ich schwebte. Und hätte Jenny mich nicht bei der Hand genommen, wäre ich womöglich noch ohne sie davongeschwebt. Vor lauter Glückseligkeit drückte ich so fest zu, dass ich ihr fast die Finger quetschte.

»Autsch!«, rief Jenny.

»Entschuldige!«, sagte ich. »Ich wollte mich nur vergewissern, dass das alles kein Traum ist.«

»Das hättest du viel einfacher herausfinden können«, meinte Jenny. »Nämlich so!« Und dann kniff sie mir in den Oberarm, dass ich es jetzt war, der vor Schmerz aufschrie.

»Ich dachte, du liebst mich!«, beschwerte ich mich.

»Ich habe gehört, je doller eine Frau einen Mann zwickt, umso mehr hat sie ihn lieb!«, grinste sie.

»Von mir aus kannst du mich so fest zwicken, wie du willst!«, tönte ich.

Jennys Augen blitzten auf.

In diesem Augenblick kamen mir starke Bedenken. »Andererseits hat ein Mann nichts davon, wenn eine Frau ihn zu Tode liebt«, wandte ich ein und legte meine Hand schützend auf meinen Oberarm.

»Feigling!«, sagte Jenny.

Ein Mann tut gut daran, nicht auf jede Provokation einer Frau einzugehen, sonst macht er sich schnell zum Hampelmann und lässt Dinge über sich ergehen, die ihm im Grunde seines Herzens zuwider sind. Außerdem: Welche Frau küsst schon gern einen Hampelmann?

JENNY Auf dem Weg nach Hause kamen wir am Reisebüro vorbei. Früher wäre ich einfach achtlos vorbeimarschiert. Jetzt wurde ich von den Plakaten im Schaufenster geradezu angezogen. *Sommer, Sonne, Meer* stand in riesigen Buchstaben auf der Scheibe.

»Willst du verreisen?«, meinte Finn belustigt.

»Ja, in die Flitterwochen.«

»Dir ist es wirklich ernst damit«, sagte Finn nicht mehr ganz so amüsiert.

Und wie ernst es mir war! »Komm mit!«, sagte ich und zog ihn an der Hand.

»Wohin? Hast du im Lotto gewonnen?«

»Wieso?«

»Weil es Geld kostet, wenn man verreisen will«, antwortete Finn. »Und zwar eine ganze Menge.«

»Wir können uns doch einfach mal so erkundigen«, sagte ich. »Sich erkundigen kostet nichts.«

Finn schien von meiner Idee nicht ganz überzeugt zu sein, trotzdem folgte er mir in den Laden.

An den Wänden standen Regale mit Prospekten und Katalogen. Von der Decke hing ein supermodernes Modellflugzeug. Und auch einen Globus hatten sie aufgestellt. Überall hingen Plakate von märchenhaften Stränden, wunderschönen Korallenriffen, malerischen Küsten, eindrucksvollen Berglandschaften und zauberhaften Inseln mit atemberaubenden Wasserfällen. Die große weite Welt. Zum Greifen nah. Wie gern hätte ich an einem dieser Orte mit Finn meine Flitterwochen verbracht. Ich war so richtig am Schwelgen, als ich plötzlich das Plakat mit dem Kamel darauf sah. Das Kamel aus meinem Traum! Der Ritt durch die Wüste! Wenn das kein Zeichen des Himmels war.

Ich stieß Finn sachte in die Seite und deutete auf das Bild. Ich musste grinsen, Finn grinste etwas gequält zurück. Ich hatte nicht den Eindruck, dass er begriff, worauf ich anspielte. Ich wollte ihn gerade an meinen Traum erinnern, als uns eine Frau ansprach.

»Was kann ich für euch tun?«, fragte sie uns mit einer Freundlichkeit, von der ich nicht ganz sicher war, ob sie echt oder bloß aufgesetzt war.

»Mein Mann und ich wollten in den Sommerferien verreisen«, antwortete ich ohne Umschweife.

Zuerst guckte die Frau etwas verwirrt, dann fing sie an zu schmunzeln. »Verstehe«, sagte sie und bat uns an ihren Beratungstisch. »Dann wollt ihr also in die Flitterwochen. Habt ihr denn eine ungefähre Vorstellung von eurem Reiseziel? Wollt ihr ans Meer oder in die Berge? Oder lieber Urlaub auf dem Bauernhof machen?«

»Norwegen wäre nicht schlecht«, sagte Finn.

»Also, ich möchte lieber dahin, wo es schön warm ist«, meldete ich meine Ansprüche an und starrte auf das Plakat hinter der Frau, auf dem ein märchenhafter Strand abgebildet war.

»Das sind die Bermudas«, erklärte uns die Frau.

»Ist das teuer?«, fragte ich.

Die Frau bediente den Computer, der auf ihrem Tisch stand. »Acht Tage in einem 3-Sterne-Hotel kosten circa zweitausendsiebenhundert Euro«, meinte sie schließlich. »Pro Person. Hin- und Rückflug mitgerechnet.«

»Zweitausendsiebenhundert Euro?«, wiederholte ich ungläubig. Mir wurde richtig schwindelig. Ein Glück, dass ich saß, sonst hätte ich mich irgendwo festhalten müssen.

FINN Zweitausendsiebenhundert Euro pro Person! Ich dachte, mein Hörgerät ist defekt. »Wir wollten eigentlich nicht das ganze Hotel mieten«, sagte ich. »Ein kleines Zimmer mit einem Bett darin genügt uns völlig.«

»Die Bermudas sind nicht billig!«, entgegnete die Frau mit einem bedauernden Lächeln.

Zweitausendsiebenhundert Euro! Das wäre es also gewesen. Goodbye, ihr Flitterwochen. Ich sah plötzlich keinen Sinn mehr darin, noch länger hier zu bleiben. Doch Jenny gab nicht auf.

»Das Kamel dahinten auf dem Plakat«, sagte sie. »Kommt das auch von den Bermudas?«

»Nein!«, lachte die Frau. »Auf den Bermudas gibt es keine Kamele! Das ist Tunesien. Tunesien ist ein sehr schönes Land und auch viel günstiger.«

»Wie günstig?«, wollte Jenny wissen.

Die Frau befragte ihren Computer. Tunesien war tatsächlich bedeutend preiswerter und dennoch würde auch dieses Land für unsere bescheidenen Verhältnisse unerreichbar bleiben.

»Darf man dann auch so oft auf dem Kamel reiten, wie man will?«, fragte Jenny.

»Natürlich. Allerdings musst du das extra bezahlen.«

»Ach so«, sagte Jenny. Sie klang zum ersten Mal ein wenig niedergeschlagen.

»Und was würde Norwegen kosten?«, wollte ich wissen.

Norwegen war sogar noch billiger, aber immer noch über unseren Möglichkeiten.

»Ich möchte aber lieber nach Tunesien«, meinte Jenny. »Ich würde so gern mal auf einem Kamel reiten.«

Sie und ihr Kamel. »Warte, bis der nächste Zirkus kommt, dann hast du Gelegenheit dazu«, sagte ich.

»Das ist nicht dasselbe! Außerdem will ich durch die Wüste reiten!«

»In der Wüste gibt es giftige Skorpione«, warnte ich sie. »Wenn du vom Kamel fällst, stechen sie dich und du bist tot!«

»Ich falle aber nicht vom Kamel!«

»Das kann man nie wissen.«

»Norwegen ist viel gefährlicher!«, entgegnete Jenny. »In Norwegen kann man überall ins Meer stürzen!«

»Ich mache euch einen Vorschlag«, unterbrach uns die Frau. »Ich gebe euch ein paar Prospekte mit und dann blättert ihr die zu Hause in aller Ruhe durch.« Lächelnd überreichte sie uns jede Menge Kataloge.

»Sind da auch welche von Tunesien dabei?«, erkundigte sich Jenny.

Die Frau konnte sie beruhigen.

»Und welche von Norwegen?«, hakte ich nach.

Auch daran hatte sie gedacht.

Mit jeweils einer Plastiktüte in der Hand verließen wir das Reisebüro. Und da ich noch immer an Jennys Schultasche zu schleppen hatte, kam ich mir wie ein Packesel vor – oder besser noch: wie ein Packkamel.

»Was ist, wenn wir uns nicht einigen können?«, fragte mich Jenny auf einmal voller Sorge.

»Kein Problem«, flachste ich. »Dann verbringen wir unsere Flitterwochen eben getrennt.«

Jenny blieb empört stehen. »Finn Meyer!«, sagte sie. »Solltest du tatsächlich auch nur eine Sekunde an diese Möglichkeit denken, lasse ich mich auf der Stelle von dir scheiden!«

Ich grinste breit. »Weißt du, dass du wunderschön aussiehst, wenn du dich aufregst?«, sagte ich und gab ihr einen Kuss auf ihren betörenden Mund.

JENNY Ich freute mich schon riesig darauf, mit Finn auf meinem Zimmer die vielen Kataloge durchzustöbern. Auf der Terrasse stießen wir auf Papa und Mama. Silke war auch dabei, sie unterhielten sich bei einer Tasse Kaffee. Die Zusammenkunft kam mir sehr gelegen.

»Von wem hast du denn die schöne Rose?«, fragte Mama.

»Von wem wohl!«, tönte Finn.

»Wir haben uns endgültig versöhnt«, sagte ich und warf Finn einen liebevollen Blick zu.

»Hat die Vernunft endlich gesiegt«, meinte Papa erleichtert.

»Die Vernunft nicht, aber das Herz«, verbesserte ihn Finn.

»Umgekehrt wäre es manchmal klüger«, murmelte Silke. »Was schleppt ihr eigentlich in den Tüten herum?«

»Kataloge!«, antwortete Finn.

»Finn und ich wollen in die Flitterwochen!«, fügte ich hinzu. »Wir können uns nur noch nicht einigen, wohin. Ich würde gern nach Tunesien und Finn will unbedingt nach Norwegen.«

»Habe ich eben Flitterwochen gehört?« Papa guckte mich an, als wäre ich gerade aus einem Ei geschlüpft.

»Alle verheirateten Leute machen das so«, entgegnete ich. »Du warst doch mit Mama auch in den Flitterwochen. In Italien!« Hatte Mama mir nach meiner Vermählung mit Finn selbst erzählt.

»Dann habt ihr sicherlich auch schon geklärt, wie ihr euren Urlaub finanziert«, meinte Mama.

»Haben wir!«, bestätigte ich.

Finn blickte mich erstaunt an.

»Wir dachten uns, dass ihr den Urlaub bezahlt«, ließ ich die Katze aus dem Sack.

Für einen Augenblick war es so still, dass man die Engel im Himmel hätte flüstern hören können. Doch die Stille wurde durch das Geheule meines kleinen Bruders jäh unterbrochen.

»Leonie will mir meine Schaufel nicht wiedergeben!«, schluchzte Julian, als wäre die Welt am Untergehen.

Dass er uns ausgerechnet jetzt damit belästigen musste! Nie hatte diese Nervensäge ein Gespür dafür, wann er störte. Zu allem Überfluss gesellte sich auch noch Finns kleine Schwester dazu.

»Das ist aber meine!«, setzte sich Leonie zur Wehr.

»Gar nicht!«, heulte Julian auf.

Als würde sich irgendein Mensch für ihre blöden Schaufeln interessieren. »Merkt ihr nicht, dass ihr uns mit eurem Kleinkram tierisch langweilt!«, machte ich meinem Unmut Luft.

Es dauerte Stunden, bis die Erwachsenen die Streithähne besänftigt hatten und ich ihre Aufmerksamkeit wieder auf das eigentliche Thema lenken konnte. »Bezahlt ihr nun unsere Flitterwochen oder nicht?«

»Wollen Finn und Jenny in die Flitterwochen?«, funkte diesmal Leonie dazwischen.

»Scheint so«, antwortete Papa.

»Ich will auch in die Flitterwochen!«, meinte Leonie empört. »Mit Julian!«

Ging das schon wieder los! »Ihr wisst doch gar nicht, was Flitterwochen sind!«, sagte ich.

»Klar weiß ich das!«, erwiderte Leonie. »Da fährt man hin, wenn man geheiratet hat.«

Ich musste lachen. »Wohin? Nach Flitterwochen! Da kannst du lange fliegen, bis du das Land gefunden hast.«

»Außerdem seid ihr gar nicht miteinander verheiratet!«, wandte Finn ein. »Wir schon!«

»Ich habe Julian gefragt«, hielt Leonie dagegen. »Er würde mich sofort heiraten.«

Jetzt reichte es mir. »Verzieht euch in den Sandkasten!«, sagte ich. »Wir haben wichtigere Dinge zu besprechen!«

»Bleibt ruhig hier«, sagte Papa. »Wir brauchen Zeugen. Deine Schwester ist im Begriff, uns arm zu machen. Wahrscheinlich werden wir das Ferienhaus nun doch verkaufen müssen. Und unser Haus dazu.«

»Ja?«, fragte Leonie dumm und machte ein Gesicht, als wäre es bereits beschlossene Sache.

»Es sei denn, Jenny verzichtet darauf, dass wir ihre Flitterwochen bezahlen«, meinte Papa noch.

»Wie kommt ihr eigentlich zu der Annahme, dass wir eure hochtrabenden Pläne finanzieren sollten?«, fragte Mama.

»Ihr habt uns schließlich verheiratet!«, trumpfte ich auf. »Dann müsst ihr auch für die Flitterwochen aufkommen!«

Ich packte Finn bei der Hand und ging mit ihm auf mein Zimmer, wo er erst einmal das riesige Herz bestaunte, das ich mit Mamas Lippenstift auf die Tapete gezeichnet hatte. Dann legten wir uns auf das Bett und begannen in den Katalogen zu blättern. Die Auswahl war enorm. Es gab Reisen nach Kanada, nach Alaska, in die USA, nach Mexiko, Brasilien, Gran Canaria, Teneriffa, in die Türkei, nach Griechenland, Kreta, Spanien, Mallorca, Norwegen und natürlich nach Tunesien – wo Finn, dieser Sturkopf, allerdings nicht hinwollte.

Zwickmühle

FINN »Bitte, Mama!«, flehte ich Silke an. Jenny und ich hatten uns auf Griechenland geeinigt. Griechenland war meine zweite Heimat. Besonders das *Knossos*, das griechische Restaurant in unserer Nähe, wo ich mit Silke ein paar Mal essen war. Ich konnte sogar ein bisschen Griechisch: Gyros, Souvlaki, Keftedes, Bifteki, Stifado. Mit dem Wortschatz würden wir in Griechenland wohl kaum verhungern. Jenny, die ja Vegetarierin war, konnte sich von Zaziki und Salata ernähren.

»Selbst wenn ich zustimmen würde«, meinte Silke, »kannst du mir vielleicht verraten, wo ich das Geld hernehmen soll? Mir aus den Rippen schneiden?«

»Wenn du das für mich tun würdest«, entgegnete ich ungerührt.

Silke guckte mich an, als verspürte sie große Lust, mir an den Hals zu springen.

Ich schluckte, zeigte aber ansonsten keinerlei Regung. Sie sollte nicht glauben, dass mich ihr Blick beeindruckte.

»Du tust gerade so, als müsstest du die ganzen Sommerferien zu Hause bleiben«, regte sich Silke auf. »Dabei machst du sogar zweimal Urlaub. Einmal fährst du mit Leonie für vierzehn Tage zu deinem Vater und anschließend mit mir nach Österreich!«

»Ich will aber mit Jenny verreisen!«

»Wir könnten Jenny mit nach Österreich nehmen.«

Für einen Augenblick kam ich ins Grübeln, dann erkannte ich den Haken. »Damit wir unter deiner Kontrolle sind.«

»Oder sie begleitet dich zu deinem Vater.«

»Mit Leonie im Schlepptau! Tolle Flitterwochen.«

»Du kannst es dir ja noch überlegen«, meinte Silke. »Vorausgesetzt, dein Vater ist mit dieser Lösung einverstanden. Sprich doch mal mit Jenny darüber.«

»Ich mache mich doch nicht lächerlich!« Jenny würde sich bedanken.

»Wenn du nicht willst!«

»Bitte, Mama! Du bist mit Papa ja auch in die Flitterwochen gefahren!«

»Richtig!«, sagte Silke. »Und bei der Gelegenheit habe ich mir den Knöchel des rechten Fußes gebrochen!«

Das hatte sie mir nie erzählt. »Echt?«

»Denkst du, ich habe das gerade erfunden?« Dann drückte sie mir zehn Euro in die Hand. »Lass dich nicht aufhalten. Du wolltest mit Jenny zum Stadtteilfest.«

»Das reicht gerade mal für zweimal Autoskooter fahren!«, wandte ich ein.

»Du kannst mir das Geld auch gern wieder zurückgeben!«, meinte Silke.

»Wenn ich dafür nach Griechenland darf.«

Es nützte nichts. Silke blieb standhaft wie die Cheops-Pyramide von Gizeh. Ich beschloss die Diskussion zu verschieben. Vielleicht hatte Jenny ja mehr erreicht und Lars und Carmen hatten ihre Einwilligung für Griechenland gegeben. Dann würde Silke kaum noch etwas dagegen haben können.

Voller Hoffnung marschierte ich rüber zu meiner großen Liebe. Seit unserer Versöhnung war mein Herz wieder voll genesen. Als läge all der Ärger mit Jenny tausend Jahre zurück. Zum ersten Mal seit langer Zeit hatte ich wegen ihr keine Alpträume mehr. Im Gegenteil: Ich hatte nur von schönen Dingen geträumt. Wie ich mit ihr am Strand von Griechenland Sirtaki tanzte. Wie wir ein Fischerboot mieteten und ganz allein hinaus auf das Meer schipperten und uns auf dem Kutter von der Sonne bräunen ließen. Bis auf einmal ein riesiges Kamel angetrottet kam und seelenruhig das Ägäische Meer aussoff und ich davon aufwachte und in das Gesicht von Silke starrte, die damit beschäftigt war, mich aus dem Schlaf zu rütteln.

Die Terrassentür stand offen. Ich ging hinein. Es war niemand da.

»Jenny!«, rief ich.

»Jenny ist oben!« Das war Lars. Die Stimme kam aus seinem Zimmer.

Lars saß an seinem Zeichentisch. Er trug ein Homer-Simpson-T-Shirt. Lars zeichnete Comics und arbeitete an einem neuen Buch. Ich hätte ihm gern über die Schulter geschaut, was er gerade zeichnete, traute mich aber nicht.

»Nimm vorsichtshalber ein paar Taschentücher mit«, grinste er und warf mir ein Päckchen Tempos zu.

Ich fing die Packung auf und guckte etwas irritiert.

»Viel Glück«, sagte er noch und konzentrierte sich wieder ganz auf seine Arbeit.

Mir wurde etwas mulmig. Wieso wünschte er mir viel Glück? Und wozu die Taschentücher?

Ich ging nach oben. Vor Jennys Tür blieb ich stehen. Weil ich mir mit den Tempos blöd vorkam, steckte ich das Päckchen in meine Hosentasche und klopfte an. Keine Reaktion.

»Jenny?«, rief ich. Diesmal klopfte ich fester. Nichts. Trotzdem glaubte ich etwas zu hören. Ich drückte vorsichtig die Klinke runter, öffnete langsam die Tür und streckte meinen Kopf durch den Spalt. »Jenny?«

Dann sah ich sie. Sie lag schluchzend auf dem Bett.

Mein Herz krümmte sich wie eine Trauerweide. Wenn mich eins schafft, dann sind es die Tränen eines Mädchens, vor allem die meiner geliebten Jenny.

Ich setzte mich neben sie auf das Bett und strich ihr über das glatte Haar. Doch Jennys Schluchzen wurde dadurch nur schlimmer. Ich erschrak und zog schnell meine Hand weg.

»Was hast du?«, fragte ich schließlich. Ihr Schluchzen wollte überhaupt kein Ende nehmen.

»Papa und Mama wollen unsere Flitterwochen nicht bezahlen!«, weinte sie.

Wieder eine Hoffnung weniger. Es sah fast so aus, als hätte sich die Welt gegen uns verschworen. »Silke bläst ins selbe Horn«, sagte ich.

»Papa und Mama sind fies! Erst verheiraten sie uns und dann gönnen sie uns keine Flitterwochen!« Jennys Schluchzen nahm wieder zu.

Mein Blick fiel auf das große Schaumstoffherz, das neben Jenny lag. Das Herz hatte zwei Hände. Ich weiß auch nicht, was mich dazu bewog, jedenfalls schnappte ich mir das Herz und dann tat ich so, als könne es sprechen.

»Nicht traurig sein«, verstellte ich meine Stimme. »Du kannst trotzdem mit Finn in Urlaub fahren. Silke hat bereits ihr Okay gegeben. Stimmt's, Finn?«

»Stimmt!«, versicherte ich mit meiner richtigen Stimme.

Jenny bewegte ihren Kopf und sah mich mit ihren verheulten Augen an. Ich nahm das Stoffherz bei der Hand und fuhr damit sanft über Jennys Wange. »Es wird alles wieder gut«, versuchte das Herz sie zu trösten.

»Womit ist Silke einverstanden?«, schniefte Jenny.

»Dass ihr gemeinsam mit Finns Papa an der Ostsee Urlaub macht«, antwortete das Herz.

»Ich wollte aber ganz allein mit dir sein«, entgegnete Jenny enttäuscht.

»Finns Papa ist unheimlich nett«, sagte das Herz. »Und seine Freundin auch. Wie heißt sie noch mal?«

»Hanna«, antwortete ich.

»Aber ohne Leonie!«, stellte Jenny zur Bedingung.

»Das versteht sich wohl von selbst«, bestätigte das Herz.

Kaum hatte das Herz den Satz beendet, fiel mir Jenny um den Hals.

O Mann, da hatte ich mir was eingebrockt.

Plötzlich ließ mich Jenny wieder los. »Ich dachte, dein Papa hätte in den Sommerferien keine Zeit für dich.«

Keine Zeit für mich? Wie kam sie denn darauf?

»Wegen der vielen Aufträge«, meinte Jenny noch.

Die Aufträge! Jetzt begriff ich. Sie spielte auf Norwegen an und auf den Urlaub, den Papa angeblich mit mir ganz allein machen wollte. Das hatte ich mir damals nur im Streit ausgedacht, um ihr eins auszuwischen. Die Aufträge habe ich mir dann später einfallen lassen, weil ich mich mit Jenny wieder besser verstand und es absolut keinen Sinn mehr machte, noch länger an dem Märchen von Norwegen festzuhalten. »Eigentlich war es nur ein Auftrag«, sagte ich. »Ein riesiges Projekt. Aber das hat sich verschoben, so dass Papa nun doch Zeit für mich hat.«

»Dann kommen wir ja doch noch zu unseren Flitterwochen!«, jubelte Jenny und fiel mir erneut um den Hals.

Ich hätte mich ja gern mitgefreut – wenn da nicht ein kleines Problem gewesen wäre. Wie sollte ich Silke klar machen, dass Leonie nicht mitkonnte? Und würde Papa überhaupt einverstanden sein, dass ich statt Leonie Jenny mitbrachte?

Das Herz schien sich daran nicht zu stören. »Juhu!«, rief es und rieb sich vor lauter Freude die Hände.

Endlich lächelte Jenny wieder. Sie wischte sich die Tränen aus dem Gesicht und zog die Nase hoch.

Ich griff in die Hosentasche und reichte ihr wie selbstverständlich ein Taschentuch.

»Danke!«, sagte sie und küsste mich auf die Wange.

Ich war mir nicht sicher, ob ich den Kuss wirklich verdient hatte, und legte verschämt das Herz beiseite. Hätte ich es bloß nicht in die Finger genommen. Ich konnte nur beten, dass Papa und Mama mir keinen Strich durch die Rechnung machten. Sonst war ich geliefert. Jenny würde mir nie verzeihen, wenn unsere Flitterwochen doch noch ins Wasser fielen. Was ein Mann nicht alles tut, damit eine Frau wieder lächelt.

»Das muss ich Papa und Mama sagen!«, meinte Jenny auf einmal. Sie sprang auf und eilte zur Tür.

Doch ich war schneller. Mit ausgebreiteten Armen stellte ich mich ihr in den Weg. »Das wäre das Verkehrteste, was du machen könntest!«, sagte ich. Mir stand der Schweiß auf der Stirn.

»Wieso?«, fragte Jenny erstaunt.

Ja, wieso? Mein Arbeitsspeicher lief auf Hochtouren. »Weil ... weil Silke das übernehmen will! Falls deine Eltern sich quer legen sollten. Dann kann sie gleich auf sie einwirken, verstehst du? Sie will nur einen günstigen Moment abwarten, um mit ihnen zu reden. Also, vorerst kein Wort davon. Sonst können wir unsere Flitterwochen für immer vergessen!«

Jenny versprach mir hoch und heilig den Mund zu halten. Puh, das hätte ganz schön in die Hose gehen können.

JENNY Mit Finn an die Ostsee! Ich konnte es noch gar nicht glauben. Auch wenn es nicht Tunesien war oder Griechenland. Die Hauptsache, wir verreisten gemeinsam in die Flitterwochen. Manchmal muss man eben seine Bedürfnisse herunterschrauben, um glücklich zu sein. Trotzdem fand ich es unheimlich toll von

Silke, dass sie sich für uns einsetzen wollte. Finn konnte stolz sein, dass er so eine Mutter hatte.

Ich steckte mein Geld ein, dann marschierten wir zum Stadtteilfest. Schon von weitem sahen wir die Absperrung und die vielen Stände zu beiden Seiten der Straße. Zum Glück hielt sich das Gedränge in Grenzen. Manchmal gerate ich leicht in Panik, wenn es zu eng um mich herum wird.

An den Ständen gab es alles Mögliche zu kaufen, Lederwaren, Klamotten, Holzspielzeug, Haushaltsartikel, Plakate, CDs und natürlich jede Menge Süßigkeiten. Ich kaufte mir eine Tüte Fruchtgummis, Finn entschied sich für Lakritzschnecken, von denen er mir eine anbot. Dafür durfte er von meinen Fruchtgummis naschen.

So richtig interessant wurde es auf dem Marktplatz, wo fetzige Musik aus den Lautsprechern der Fahrgeschäfte drang. Der Autoskooter war wieder da und der Happy Sailor. Die ganz Kleinen konnten sich im Kinderkarussell vergnügen oder beim Ponyreiten.

Finn und ich gingen zum Autoskooter und guckten zu, wie sich einige Jungs und Mädchen wilde Verfolgungsfahrten lieferten. Immer wenn sie mit den Autos zusammenstießen, fingen die Mädchen an zu kreischen. Plötzlich war Finn verschwunden. Ich blickte mich nach ihm um und entdeckte ihn an der Kasse. Auf einmal wurden die Autos langsamer, schließlich blieben sie stehen. Finn rannte sofort zu einem der Wagen, der frei geworden war, und winkte mir zu. Ich eilte quer über die Fläche und stieg bei ihm ein. Kaum hatten wir uns angegurtet, ertönte ein ohrenbetäubendes Signal. Finn steckte den Chip in den Schlitz und gab Gas. Er war ein ausgezeichneter Fahrer. Geschickt wich er jedem Zusammenstoß aus. Ich fühlte mich absolut sicher neben ihm. Finn wollte mich beschützen, deswegen fuhr er so umsichtig. Finn, mein Beschützer! In diesem Augenblick hatte ich den brennenden Wunsch, er möge ein Leben lang mein Beschützer sein.

Plötzlich fuhr uns jemand seitlich ins Heck. Wir wurden fast aus den Sitzen gerissen. Doch die Gurte verhinderten Schlimmeres. Ich hatte den Zusammenprall kaum verdaut, da krachte es schon wieder. Ich starrte in das breite Grinsen eines Jungen mit dunkler Sonnenbrille und grün gefärbten Haaren. So ein Idiot!

FINN Hatte der Typ sie nicht mehr alle? Dann erkannte ich, zu wem das unverschämte Grinsen gehörte. Raffael! Dieser Spinner! Na warte! Ich machte mich sofort an seine Verfolgung und schaffte es, ihn zu rammen. Wir lachten. Dann war er es, der mich jagte. So ging das hin und her, mal rammte er mich, mal rammte ich ihn. O Mann, ich war dicht vor einem Schleudertrauma. Aber es machte wahnsinnig Spaß. Dann war die Fahrt zu Ende und wir stiegen aus.

»Was haben sie denn mit dir gemacht?«, wollte ich von Raffael wissen. Am Morgen war er noch ganz normal herumgelaufen. Ich musste grinsen.

Raffael strich sich über sein grünes Haar. »Stark, was!«

Wenn er meinte. Mein Geschmack war es nicht. »Mag sein«, sagte ich. »Aber was nützt dir das schönste Haar, wenn du Probleme mit den Augen hast.«

»Wie kommst du darauf, dass ich damit Probleme habe?«

»Wegen der Sonnenbrille.«

»Habe ich vorhin am Stand gekauft. War irre günstig.«

Bei Raffael war alles irre günstig. Ob es zwei Euro kostete oder zweihundert. Er musste die Dinge ja auch nicht von seinem Taschengeld bezahlen. Für solche Fälle hatte der Glückspilz seine Großeltern.

»Das ist übrigens Jenny«, stellte ich mein Herzblatt diesem Superprachtexemplar von Traummann vor.

Jenny bemühte sich um ein Lächeln.

»Und das ist Raffael.«

»Ich kenne dich vom Sehen«, meinte Raffael zu Jenny. »Du hast uns mal beim Training zugeguckt.«

»Ich erinnere mich«, entgegnete Jenny schnippisch. »Du hast frei vorm Tor gestanden und zwei Meter über die Latte geschossen.«

»Das passiert den besten Spielern der Welt«, versuchte Raffael seine Ehre zu retten. »Letzte Woche hat Romero in der Champions League gegen Manchester United in der Nachspielzeit am leeren Tor vorbeigeköpft.«

Bescheidenheit war noch nie seine Stärke.

JENNY Hoffentlich blieb Raffael nicht die ganze Zeit bei uns. Irgendwie nervte mich die Anwesenheit dieses Angebers. Und das war nun Finns bester

Freund. Ein Gedanke, an den ich mich nur schwer gewöhnen konnte.

Wir standen noch eine Weile beim Autoskooter, doch Raffael machte nicht den Eindruck, als ob er bald verschwinden würde. Plötzlich hörte ich ein Kreischen hinter mir. Ich drehte meinen Kopf. Drei Mädchen, die sich vor dem Happy Sailor aufhielten, alberten ziemlich auffällig herum. Ich wollte meinen Blick schon wieder abwenden, als ich Melli sah. Sie war allein. Jetzt entdeckte auch sie mich. Wir rannten aufeinander zu und fielen uns in die Arme.

»Stell dir vor, ich fahre mit Finn in die Flitterwochen!«, platzte ich heraus. »An die Ostsee!«

»Ich glaub's nicht«, entgegnete Melli. »Warum passiert mir so was nie?«

»Weil du dich immer in den Falschen verliebst«, antwortete ich.

»Ich hätte den Richtigen schon gefunden, aber du willst mir ja nicht helfen!«

Sie meinte Lennard. Heute Morgen in der Schule hatte sie wieder davon angefangen. Ich hatte ihr aber unmissverständlich erklärt, dass sie auf mich nicht zählen könne. Ich würde auf keinen Fall die Vermittlerin spielen. Und damit Schluss und Ende. Zuerst war sie natürlich eingeschnappt, aber Melli konnte mir nie lange böse sein. Gute Freundinnen verzeihen einander schnell.

»Wer ist denn der Typ neben Finn?«, wollte Melli auf einmal wissen.

Diese Frau! Immer nur das eine im Kopf! Ich hatte

aber die Hoffnung, dass sie schlagartig das Interesse verlieren würde, wenn sie erfuhr, wem ihre Neugier galt. »Das ist Raffael. Finns bester Freund.«

Sie kam schon mit Finn nicht klar, dann würde sie von seinem Freund erst recht die Finger lassen. Das dachte ich zumindest. Doch statt die Nase zu rümpfen bekam sie wieder diesen merkwürdigen Glanz in die Augen.

»Weißt du, ob er eine Freundin hat?«

»Frag ihn doch!«, entgegnete ich. Bestimmt würde er gleich die Flucht ergreifen. Sie würde mir damit nur einen Gefallen tun.

Sie fragte ihn natürlich nicht. Aber man merkte den beiden sofort an, dass sie aufeinander flogen.

»Ah, ist der süß!«, schwärmte Melli, als Finn mit Raffael zur Kasse ging.

»Bim bam, ich hör schon die Hochzeitsglocken«, machte ich mich über sie lustig.

Melli stieß mir kichernd ihren Ellenbogen in die Seite.

FINN Raffael und ich kauften jeder zwei Chips.

»Wie heißt eigentlich die Frau mit den Zöpfen?«, fragte mich Raffael auf einmal und räusperte sich.

Er meinte Melli. »Was ist mit Jana?«, entgegnete ich verwundert.

»Welche Jana?«, stellte er sich dumm.

»Tu nicht so!«, sagte ich. »Jana aus der 7a! Die Frau deiner Träume!«

»Das ist Schnee von gestern«, meinte Raffael geringschätzig.

»Glaub mir, Melli wird dir keine Freude bereiten«, warnte ich ihn und folgte seinem schmachtenden Blick. »Diese Frau hat Haare auf den Zähnen!«

Raffael nickte vor sich hin. »Es ist dir vielleicht noch nicht aufgefallen, aber ich habe eine Schwäche für solche Frauen.«

Ehe ich überhaupt so richtig begriffen hatte, was Sache war, saß er mit Melli in einem der Wagen und gab Gas.

Verblüfft schauten Jenny und ich den beiden hinterher.

»Verstehst du das?«, fragte ich Jenny.

»Scheint so, als hätten sich die zwei Richtigen gefunden«, kicherte Jenny.

»Aber die kennen sich noch keine zwei Sekunden«, wandte ich ein.

»Tja, wo die Liebe hinfällt«, schnurrte Jenny und schmiegte ihren Kopf an meine Schulter.

Oh Wunder

FINN Yeah! Geschafft! Die erste Hürde war genommen. Ich rannte in den Garten, wo Silke gerade die Wäsche von der Leine nahm. »Papa ist einverstanden!«, rief ich. »Er nimmt uns mit nach Dänemark!«

»Schön«, sagte Silke.

Es war ein ziemliches langes Gespräch gewesen. Ich hatte ewig nicht mehr mit Papa telefoniert. Daher musste ich ihm erst einmal alles berichten – von meiner Hochzeit mit Jenny, von unserer gemeinsamen Wohnung und von den Problemen, die so ein Eheleben zwangsläufig mit sich bringt. Papa staunte nicht schlecht. Er wäre bei der Hochzeit gern dabei gewesen. Ich sagte ihm, dass selbst für mich alles ziemlich überraschend gekommen wäre und wir nicht mal Zeit gehabt hätten, Einladungskarten zu verschicken. Dann erzählte ich von den Flitterwochen und ob er etwas dagegen hätte, wenn ich sie mit Jenny bei ihm verbringen würde. Papa lachte und meinte, dass er kein Problem damit hätte, müsse die Angelegenheit jedoch zuerst mit Hanna, seiner Freundin, bereden. Er würde sich gleich wieder melden. Das tat er auch, mit dem Ergebnis, dass Jenny und ich mit nach Dänemark durften. Am liebsten hätte ich vor lauter Freude den Hörer in die Luft geworfen. Noch aber war ich nicht ganz am Ziel. Ich hatte Jenny etwas versprochen – obwohl es ja streng genommen Jennys Stoffherz war. Egal. Mitgefangen, mitgehangen. Wenn ich es jetzt nicht versuchte, wann dann? Also sagte ich zu Papa, dass Leonie wahrscheinlich nicht mitkäme. Natürlich wollte er wissen, weshalb nicht. Ich war auf die Frage nicht vorbereitet und geriet mächtig ins Schwitzen. Ich suchte verzweifelt nach einer einleuchtenden Erklärung und faselte schließlich etwas davon, dass Leonie bereits eine andere Verpflichtung hätte, ihm leider aber nichts Näheres sagen könne. Daraufhin wollte Papa Silke sprechen. Das konnte ich jedoch verhindern, indem ich behauptete, dass sie beim Einkaufen wäre. Bevor Papa auflegte, bat er mich Silke auszurichten, dass sie ihn zurückrufen möchte. Ich versprach es ihm. Ich versprach aber nicht es gleich zu tun.

Trotzdem stand mir das Schwierigste noch bevor: Silke davon zu überzeugen, dass Leonie nur stören würde. Jetzt war mein ganzes Geschick gefragt, wollte ich Jenny nicht enttäuschen. »Papa hat übrigens nichts dagegen, wenn Leonie zu Hause bleibt«, sagte ich. Es war bereits die dritte Lüge innerhalb weniger Minuten. Und es machte weitaus weniger Spaß, als es vielleicht den Anschein hat. Schlimmer noch. Ich merkte plötzlich, wie ich wütend wurde. Wütend auf Leonie, weil sie meine kleine Schwester war und damit die eigentliche Ursache des ganzen Problems, wütend auf Jenny, weil sie mich mit ihrer Bedingung so unter Druck gesetzt hatte, am wütendsten aber war ich auf mich, weil ich mich selbst in diesen Schlamassel geritten hatte.

»Bitte?«, sagte Silke und schaute mich an, als hätte ich ihr soeben erzählt, dass es in diesem Jahr keine Zeugnisse gäbe.

»Sie ist uns doch nur ein Klotz am Bein!«, brauste ich auf, vermied dabei aber jeglichen Blickkontakt.

»Ich nehme nicht an, dass dies die Worte deines Vaters sind.«

»Das habe ich auch nicht behauptet!«, wehrte ich mich.

»Sondern?«

Ich starrte auf meine Turnschuhe. Nicht weit davon landete eine Libelle auf einem Grashalm. Ich beneidete sie. Wenn es ihr irgendwo nicht passte, konnte sie fliegen, wohin sie wollte. Sie musste niemandem Rechenschaft ablegen.

»Ich warte auf eine Antwort!«, sagte Silke.

Und ich wartete auf meine Erlösung.

»Ich kann auch gern deinen Vater anrufen!«

Spätestens jetzt hätte ich ihr erzählen müssen, dass er genau diesen Anruf wünschte. Ich behielt es für mich. Aus Angst, sie könnte dann die Wahrheit erfahren, griff ich zu einer weiteren Lüge. »Da wirst du im Augenblick kein Glück haben«, behauptete ich. »Er hat einen Termin, sonst hätten wir uns noch länger unterhalten.«

Die Libelle spannte ihre Flügel und flog davon. Wie gern hätte ich in dieser Sekunde mit ihr getauscht.

»Also, was genau hat dein Vater gesagt?«, drehte Silke die Daumenschrauben enger.

»Soll ich mich etwa an jedes einzelne Wort erinnern?«, versuchte ich Zeit zu gewinnen.

»Es reicht, wenn du dich auf den Abschnitt beschränkst, wo es um Leonie ging«, sagte Silke leicht gereizt. »War es seine Idee, dass Leonie zu Hause bleiben soll?«

Wenn ich die Frage bejahte, wäre es die fünfte Lüge am Stück. Was sollte ich tun? Ich konnte mich jetzt schon nicht mehr leiden.

»Ähm, nicht direkt«, druckste ich herum.

»Dann hast du ihm wohl die Sache schmackhaft gemacht?«, meinte Silke in ihrer Scharfsinnigkeit.

»Er hat mir jedenfalls nicht widersprochen«, umschiffte ich geschickt das gefährliche Riff und sagte damit fast die Wahrheit. Papa hatte lediglich Silke zu sprechen gewünscht.

»Ich kläre das heute Abend mit deinem Vater«, entgegnete Silke. »Leonie kommt selbstverständlich mit!«

Mir war sofort klar, dass sie meinte, was sie sagte. »O Mann!«, empörte ich mich.

Ich wollte ihr gerade zu verstehen geben, dass ich an ein Versprechen gebunden war, als sich uns auf einmal Jenny näherte. Sie hatte ein Buch dabei. Ich fand den Zeitpunkt ihres Auftritts äußerst unglücklich gewählt.

Das Buch gehörte Silke. Carmen hatte es sich von ihr ausgeliehen. Silke bat Jenny es auf den Terrassentisch zu legen.

Noch war ich einigermaßen Herr der Lage. Das änderte sich aber schlagartig, als Jenny Silke plötzlich fragte, wann sie mit Lars und Carmen reden wolle. »Du weißt schon, wegen der Flitterwochen.«

»Ich habe keine Ahnung, wovon du sprichst«, entgegnete Silke wahrheitsgemäß.

Jenny, die ja angenommen hatte, dass alles geregelt war, sah mich irritiert an.

Ich lächelte gequält. »Papa nimmt uns mit nach Dänemark!«, erklärte ich ihr. Es war, als versuchte ich die Titanic vor dem Untergang zu retten.

»Aber Leonie kommt nicht mit!«, vergewisserte sich Jenny. Ihr Blick wanderte von mir zu Silke und von Silke wieder zu mir.

Ich zuckte hilflos mit den Schultern und bemühte mich verzweifelt um ein Lächeln, das mein außerordentliches Bedauern zum Ausdruck bringen sollte. Die Titanic war verloren.

JENNY Finn hatte mich von vorn bis hinten belogen! Ich war so enttäuscht, dass ich schnurstracks nach Hause stapfte.

»Hast du Silke das Buch gebracht?«, erkundigt sich Mama bei mir.

Ich eilte wortlos an ihr vorbei, marschierte auf mein Zimmer, knallte die Tür zu, drehte meine Anlage auf, dass die Wände zitterten, und warf mich aufs Bett. Aus der Traum! Und ich hatte mich so auf die Flitterwochen gefreut. Mein Blick fiel auf das Schaumstoffherz. Ich streckte ihm die Zunge raus. Blödes Herz! Ich wollte ihm gerade die Hände auf den

Rücken binden, weil es die Unwahrheit gesagt hatte, als plötzlich die Musik leiser wurde und Mama neben mir stand.

»Ist was?«, fragte sie.

»Was soll sein?«, entgegnete ich patzig. »Mir geht's hervorragend!«

»Hast du dich mit Finn gestritten?«

Ich starrte wütend vor mich hin. Ich hatte jetzt keine Lust, darüber zu reden. Plötzlich klingelte mein Handy. Es war Melli. Mama zog sich diskret zurück.

»Raffael ist ja so süß!«, fing Melli gleich an von ihrem Traumboy zu schwärmen.

Nicht schon wieder!, dachte ich und schlug in Gedanken die Hände über dem Kopf zusammen. Immer wenn es mir schlecht ging, schwebte sie auf Wolke sieben.

»Er hat mich heute vom Cheerleadertraining abgeholt«, fuhr sie fort. Melli war Cheerleaderin bei den Blue Cats.

»Was du nicht sagst«, entgegnete ich schnippisch.

»Ich glaube, er liebt mich«, sagte Melli.

»So, glaubst du«, wiederholte ich. »Hat er es dir noch nicht gesagt?«

»Das muss er gar nicht. Das spüre ich auch so!«

Mir fiel ein, dass Raffael auf dem Stadtteilfest die ganze Zeit eine Sonnenbrille getragen hatte. »Was hat er denn für eine Augenfarbe?«, fragte ich. Es war eine gemeine Frage, aber ich wollte jetzt gemein sein.

»Ah, er hat wunderschöne blaue Augen«, flötete Melli.

»Woher willst du das denn wissen? Er hat doch immer seine Sonnenbrille auf.«

»Heute zum Beispiel nicht«, sagte Melli. Sie klang ein wenig beleidigt. »Wir haben uns sogar geküsst!«

Ich musste lachen. »Das glaubst du ja selbst nicht!«

»Na ja, fast«, räumte Melli ein.

»Wieso, ist er über seine eigenen Füße gestolpert und zufällig in deine Arme gefallen?«, erkundigte ich mich belustigt.

»Du bist doof!«, sagte Melli.

Sie hatte Recht. Ich benahm mich wirklich doof. »Entschuldige!«, sagte ich. »Ich habe mich nur so über Finn geärgert.« Dann erzählte ich ihr, was vorgefallen war.

»Aber da kann doch Finn nichts dafür, wenn seine Mutter darauf besteht, dass Leonie mitkommt«, meinte Melli auf einmal.

Ich fühlte mich wie vor den Kopf gestoßen. Hatte ich richtig gehört? Melli hatte Finn in Schutz genommen! Ich konnte es nicht glauben. »Seit wann verteidigst du Finn?«

»Raffael hält jedenfalls große Stücke auf ihn!«

Das wurde ja immer schöner. »Aber dass ich große Stücke auf ihn gehalten habe, hat dich nie gekümmert!«, warf ich ihr vor.

»Hättest du ihn mir damals nicht vor der Nase weggeschnappt!«

Mir blieb fast die Luft weg. »Weggeschnappt?«, ereiferte ich mich. »Was kann ich dafür, wenn er nichts von dir wissen wollte!«

Sie hätte sich damals auf dem Sommerfest meiner Eltern nicht gleich in ihn verlieben sollen – Finn war noch keine vier Wochen zuvor in das Haus nebenan gezogen. Melli musste ihn ja an diesem Abend unbedingt fragen, ob er schon eine Freundin hatte. Dass Finn in Panik geriet und so tat, als hätte er an jedem Finger eine, kann man ihm wohl nicht verdenken. Jedenfalls war er von dem Tag an für Melli gestorben. Ich habe mich sogar noch mit Melli über ihn lustig gemacht. Deshalb hätte ich es auch nie für möglich gehalten, dass es zwischen Finn und mir eines Tages so richtig funken würde. Das tat zwar meiner Freundschaft zu Melli keinen Abbruch, aber sie hat Finn nie verziehen, dass er mir den Vorzug gab.

»Raffael ist viel interessanter!«, sagte Melli.

»Dieser Angeber?«

»Raffael ist kein Angeber! Raffael ist ein feinfühliger, zartbesaiteter Mann, der weiß, wie man eine Frau glücklich macht.«

O Gott! Jetzt schien sie gänzlich abzuheben. In diesem Augenblick kratzte es an der Tür. Als bettele ein Hund um Einlass.

»Verschwinde, Julian!«, rief ich.

Doch das Kratzen hörte nicht auf.

»Mein blöder Bruder!«, sagte ich zu Melli. »Du sollst verschwinden!«

Julian trieb es mal wieder auf die Spitze. Ich erhob mich vom Bett, stapfte zur Tür und riss sie wütend auf. Ich wollte Julian gerade zusammenstauchen, als ich den Irrtum noch rechtzeitig erkannte. Vor mir stand

Finn. Es war ein Bild für Götter. Finn machte Männchen und zwischen seinen Zähnen hielt er eine Margerite. Ich musste lachen, obwohl ich noch immer sauer auf ihn war.

»Ich muss Schluss machen«, sagte ich zu Melli. »Finn ist gerade gekommen!«

»Oh, bitte grüß ihn ganz herzlich von mir!«, sülzte Melli.

»Wenn er den Schock verkraftet«, entgegnete ich und dann beendeten wir das Gespräch.

Finn stand noch immer in der Tür und machte Männchen.

»Ich soll dich ganz herzlich von Melli grüßen!«, neckte ich ihn. »Sie fährt neuerdings voll auf dich ab. Vielleicht fährt sie ja mit dir in die Flitterwochen, wenn du sie fragst. Sie würde sich garantiert nicht an Leonie stören.«

»Ehs hut hir heit«, entgegnete Finn, der noch die Margerite zwischen den Zähnen hielt.

»Es tut mir Leid«, wiederholte er, nachdem er die Blume aus dem Mund genommen hatte. »Es war ein Fehler, dass ich dich im Glauben ließ, es wäre alles geregelt. Aber was sollte ich machen? Du warst so furchtbar traurig und da wollte ich dich ein bisschen aufheitern. Was ist daran so schlimm?« Er kam auf mich zu und wollte mir die Margerite überreichen.

Ich zögerte. Er sollte ruhig noch ein bisschen schmoren, damit er kapierte, was er angerichtet hatte. »Ich hasse dich!«, sagte ich und schmollte.

»Ich hasse mich noch viel mehr!«, entgegnete Finn

und warf sich vor mir auf die Knie. »Bitte verzeih mir! Ich belüge dich nie wieder! Und wenn du das nächste Mal traurig bist, lasse ich dich so lange weinen, bis ich in deinen Tränen ertrinke.«

Das liebte ich so an Finn. Es gelang ihm immer, mich zum Lachen zu bringen. »Wehe!«, sagte ich und nahm die Margerite an mich. »Dann ertrinke ich ja mit.«

»Gemeinsam vereint im Tod!«, sagte Finn feierlich. »Was kann es Schöneres geben?«

»Gemeinsam vereint im Leben natürlich, du Spinner!«, entgegnete ich und fiel ihm um den Hals.

Wir kippten beide um. Lachend wälzten wir uns auf dem Boden. Später setzten wir uns auf die Couch. Ich legte meinen Kopf auf Finns Oberschenkel. Finn strich mir verträumt durchs Haar. Wäre ich eine Katze gewesen, hätte ich garantiert zu schnurren begonnen.

»Schade!«, sagte Finn auf einmal. »Dänemark wäre so schön gewesen – ohne Leonie.«

»Ja, schade«, entgegnete ich, obwohl ich mich allmählich fragte, was daran so tragisch war, wenn Leonie uns begleiten würde. Es musste doch eine Gelegenheit geben, sie sich vom Leib zu halten, wenn wir in Dänemark waren.

»Leonie müsste Läuse bekommen«, sagte Finn. »Dann müsste sie hier bleiben. Masern wären auch nicht schlecht, oder Windpocken, Röteln, Malaria, Mumps. Oder Schuppenflechte. Hauptsache, sie belästigt uns nicht mit ihrer Anwesenheit.«

Es wurde Zeit, dass ich meine Gedanken, die mich

wie kleine Nadelstiche piekten, nicht länger unterdrückte. »Eigentlich ist es mir so ziemlich egal, ob Leonie mitfährt«, entgegnete ich. »Wir würden uns nur selbst bestrafen, wenn wir ganz auf die Flitterwochen verzichteten. Du wärst mit Silke in Österreich und ich mit meinen Eltern in der Bretagne. Wir würden uns wochenlang nicht sehen. Das wäre doch schrecklich! Es sei denn, du möchtest das so.«

»Hm«, grübelte Finn. »Wäre eigentlich ein verlockendes Angebot.«

»Duuu!«, drohte ich, drehte mich etwas beiseite und schlug ihm auf den Arm.

»Hilfe!«, rief Finn und lachte. »Meine Frau schlägt mich!«

Plötzlich ging die Tür auf und Julian stand im Raum.

»Ich habe dir schon tausendmal gesagt, dass du vorher anklopfen sollst!«, stauchte ich ihn zusammen. Dass der Blödian sich das nicht merken konnte! Als würde er es mit Absicht tun. Nur um mich zu schikanieren.

»Was macht ihr da?«, fragte Julian und glotzte dumm. Seine Neugierde würde ihm eines Tages noch zum Verhängnis werden.

»Verschwinde!«, sagte ich.

»Ihr sollt nach unten kommen!«, meinte Julian.

»Wer sagt das?«

»Papa!«

»Und was sollen wir unten?«

Julian ließ sich mit der Antwort Zeit, dass ich schon

nach einem Gegenstand Ausschau hielt, den ich ihm an den Kopf werfen konnte.

»Ihr dürft zusammen in die Flitterwochen!«, rückte er endlich mit der Sprache raus.

»Echt?«, rief ich und sprang vor lauter Freude auf.

»Ja!«, antwortete er und fing an zu grinsen. »An den Nordpol!« Kichernd rannte er aus dem Zimmer.

Dieser Idiot! Mich so reinzulegen! Für einen Augenblick hatte ich wirklich an ein Wunder geglaubt.

Ich war ganz schön geladen, als ich mit Finn nach unten stapfte. Wenn Papa und Mama Julian wegen dieser Gemeinheit nicht bestraften, dann ... dann gab es keine Gerechtigkeit mehr auf dieser Welt.

Papa und Mama saßen mit Silke am runden Esstisch. Leonie und Julian waren auch dabei. Julian war noch immer am Kichern. Ich guckte ihn böse an und schoss Dutzende von Giftpfeilen auf ihn ab. Es nützte nichts. Julian behielt sein Kichern bei. Aber nur weil er sich in der Gegenwart der Erwachsenen in Sicherheit wähnte.

»Komm du mir ja nicht zwischen die Finger!«, drohte ich ihm und wollte allen erzählen, was sich diese Kröte geleistet hatte. Doch Papa schnitt mir gleich das Wort ab.

»Bevor du dich weiter aufregst und etwas tust, das du später bereuen könntest, warte erst einmal ab, was wir euch zu sagen haben.«

Ich war zuerst verärgert, weil er mich nicht anhören wollte. Trotzdem hielt ich mich noch zurück. Luft ablassen konnte ich auch später.

»Wir haben folgenden Beschluss gefasst«, fuhr Papa fort. »Du kannst mit Finn nach Dänemark. Dafür nehmen wir Leonie mit in die Bretagne. Irgendwelche Einwände?«

»Weiß Papa schon Bescheid?«, erkundigte sich Finn bei Silke.

»Ihr habt grünes Licht«, antwortete sie und verzog ihr Gesicht zu einem spöttischen Lächeln. Typisch Silke.

»Juhu!«, riefen Finn und ich und fielen uns vor Glück in die Arme.

Bange Minuten

JENNY Als der Zug anfuhr, winkten Papa, Mama, Silke und die Kleinen zum Abschied. Mir wurde richtig schwer ums Herz. Am liebsten hätte ich die Notbremse gezogen und wäre wieder ausgestiegen. Ich musste aufpassen, dass ich nicht anfing zu heulen.

Finn und ich waren die Einzigen im Abteil und saßen am Fenster. Ich fuhr zum ersten Mal ganz ohne meine Eltern fort. Es war ein beklemmendes Gefühl und gleichzeitig freute ich mich auf die Reise. Damit sich nicht doch noch eine Träne davonstehlen konnte, fuhr ich mir sicherheitshalber mit dem Handrücken über die Augen.

»Heulst du?«, erkundigte sich Finn.

»Quatsch!«, antwortete ich.

Der Zug war in voller Fahrt, als mir immer komischer wurde. Ich fand schnell heraus, warum.

»Können wir tauschen?«, bat ich Finn. »Ich sitze nicht so gern mit dem Rücken zur Fahrtrichtung.«

Finn war so nett und überließ mir seinen Platz. Ich fühlte mich gleich besser. Wir redeten nicht viel miteinander. Ich schaute aus dem Fenster und hing ein wenig meinen Gedanken nach. Mit jedem Kilometer, mit dem der Zug sich von unserer Stadt entfernte, ließ der Abschiedsschmerz nach. Was mich wohl erwarten würde? Eigentlich war es ganz praktisch, dass Finns Eltern geschieden waren. Sonst wären unsere Flitterwochen womöglich ins Wasser gefallen. Ich musste daran denken, wie es wäre, wenn Papa und Mama geschieden wären. Mir wurde ganz flau im Magen und mein Herz tat auf einmal weh, als hätte es jemand in einen Fingerhut gepresst. Da fand ich es gar nicht mehr so praktisch, dass sich Finns Eltern getrennt hatten. Finn musste darüber doch sehr unglücklich sein.

»Warum haben sich deine Eltern eigentlich scheiden lassen?«, fragte ich ihn.

Finn zuckte mit den Schultern. »Frag mich nicht!«

»Hat dir Silke nie etwas darüber erzählt?«

Finn starrte aus dem Fenster, wo Bäume und Häuser nur so an uns vorüberflogen. Offensichtlich wollte er nicht darüber reden. Es war dumm von mir, dass ich mit dem Thema angefangen hatte.

»Hanna war Papas Jugendliebe«, sagte Finn auf einmal. »Irgendwann war es zwischen den beiden aus. Jahre später haben sie sich dann wieder getroffen und erneut ineinander verliebt. Da war Papa noch mit Silke verheiratet. Eines Tages zog er mit Hanna fort.«

»Wie alt waren sie, als sie sich kennen lernten?«, wollte ich wissen. »So alt wie wir?«

»Frag mich nicht.«

»Wie ist sie?«

»Hanna? Nett!«

»Netter als Silke?«

Finn zuckte mit den Schultern. Er starrte noch immer aus dem Fenster.

FINN Silke konnte extrem anstrengend sein. Aber sie sorgte für mich. Wenn sie etwas versprach, hielt sie ihr Wort. Versprach sie mir ein Eis mitzubringen, brachte sie mir ein Eis mit. Versprach sie mir, dass ich auf mein Zimmer fliegen würde, wenn sich nicht gleich mein Ton änderte, konnte ich schon mal meine Flügel spannen. Silke kochte für mich, wusch meine Wäsche und gab mir Taschengeld. Außerdem konnte ich mich immer auf sie verlassen, was man nicht von allen Erwachsenen behaupten kann. Hanna gab sich stets viel Mühe, wenn ich zu Besuch war. Darum kam ich auch gut mit ihr klar. Das lag aber zum Teil auch daran, dass ich mich die ganze Zeit von meiner Schokoladenseite zeigte. Wer kann schon sagen, wie es wäre, wenn ich für immer bei Papa wohnen würde? Ob ich mich mit Hanna dann auch so gut verstand? Oder mit Papa? Auf jeden Fall dürfte ich bei ihm viel mehr fernsehen als bei Silke. Aber deswegen gleich zu Papa ziehen? Obwohl ich es mir schon einige Male vorgenommen hatte. Meist dann, wenn ich auf Silke sauer war. Aber nach einer halben Stunde, wenn sich meine Wut verzogen hat, packe ich meinen Koffer, der sowieso nur im Geiste existierte, wieder aus. Ich glaube,

Silke würde es das Herz brechen, wenn ich sie wegen Papa verließe, so wie es mir das Herz brach, als Papa sich von uns getrennt hatte. O Mann, war das ein Schock. Das kann man gar nicht mit Worten schildern. Ich fühlte mich tagelang nur mies. Ich wollte nichts essen, nicht in die Schule, nicht mal auf Fernsehen hatte ich Lust. Trotzdem musste das Leben weitergehen. Was das an Kraft kostet! So viele Energieriegel gibt es gar nicht zu kaufen, die einen wieder auf die Beine bringen. Da hilft nur Zeit. Viel, viel Zeit. Damit die Wunden heilen.

»Woran denkst du?«, riss Jenny mich aus meinen trüben Gedanken.

»An nichts Besonderes«, antwortete ich. Was hätte es für einen Sinn gehabt, sie mit meinen Problemen zu belasten? Das war Schnee von gestern. Immerhin befanden wir uns in den Flitterwochen. Unseren Flitterwochen!

»Ein Reh!«, rief ich und spürte, wie die Lebensgeister ihre Rückkehr feierten.

»Da sind noch viel mehr!«

Wir fingen an zu zählen und kamen auf insgesamt sieben Rehe, die in Panik ein Feld überquerten, als wären sie vor einem Jäger auf der Flucht.

Während wir nach weiteren Rehen Ausschau hielten, ging das Abteil auf und ein Mann kam herein. Er setzte sich auf den Platz neben Jenny. Irgendwie machte er auf mich einen nervösen Eindruck. Außerdem war es komisch, dass er wie aus heiterem Himmel auftauchte, denn es war schon eine Weile her, dass der Zug gehalten hatte. Er hatte auch kein Gepäck dabei.

»Wo soll die Reise denn hingehen?«, fragte uns der Mann auf einmal ganz freundlich.

»Nach Dänemark«, antwortete ich. Das stimmte zwar nicht ganz, aber ich fand, dass er nichts von unserem Zwischenstopp bei Papa zu wissen brauchte.

»Oha!«, sagte der Mann sichtlich beeindruckt. Genau das hatte ich mit meiner Antwort bezweckt. »Ganz allein?«

»Wir sind auf dem Weg in die Flitterwochen«, tönte ich.

Der Mann grinste, als hätte ich ihm einen Blondinenwitz erzählt. Er kramte in seinen Jackentaschen, holte ein Päckchen Zigaretten hervor und wollte sich eine anstecken.

Ich blickte etwas auffällig zur Tür, wo ein Aufkleber pappte, der das Rauchen im Abteil verbot. Der Mann bemerkte, wo ich hinstarrte, und steckte die Zigaretten schweren Herzens wieder ein. Dafür holte er ein Päckchen Kaugummi hervor und schob sich eins in den Mund.

»Wollt ihr auch eins?«, fragte er uns und hielt Jenny ein Kaugummi vor die Nase.

Jenny schüttelte den Kopf. Ich lehnte ebenfalls ab.

»Schöne Landschaft«, sagte der Mann und schaute nach draußen, als erneut die Tür beiseite geschoben wurde und der Schaffner das Abteil betrat, um die Fahrkarten zu prüfen.

Fast gleichzeitig stürmte eine ältere Frau herein. Sie hatte silberfarbenes Haar und trug eine dicke Perlenkette um den Hals.

»Herr Schaffner, ich bin bestohlen worden!«, rief sie aufgeregt. »Und das da ist der Dieb!« Sie zeigte auf den

Mann neben Jenny. »Er hat meinen Geldbeutel gestohlen!«

Der Beschuldigte wies empört jeden Verdacht zurück.

»Herrschaften, bitte!«, versuchte der Schaffner die Situation in den Griff zu bekommen. Er war schmächtig und um einen Kopf kleiner als die Frau.

»Ich muss für einen Moment eingeschlafen sein«, sagte die Frau, »und als ich aufwachte, war der Kerl weg! Mein Geldbeutel auch!«

»Sehe ich vielleicht wie ein Dieb aus?«, empörte sich der Mann. Dabei schaute er unschuldig in die Runde. Zuletzt ruhte sein Blick auf mir.

Ich hatte keine Ahnung, woran man einen Dieb erkannte, und sagte lieber nichts.

Inzwischen hatten sich im Gang etliche Gaffer eingefunden. »Dann kommen Sie mal mit!«, sagte der Schaffner zu dem vermeintlichen Dieb.

»Wozu?«, entgegnete der Mann aufgebracht. »Ich bin unschuldig!«

»Nun machen Sie keine Schwierigkeiten! Oder ist es Ihnen lieber, wenn ich die Polizei alarmiere?«

»Das wird Folgen haben!«, beschwerte sich der Mann. »Ich werde die Deutsche Bundesbahn verklagen!«

»Kommen Sie schon!«, forderte der Schaffner den Mann ultimativ auf.

Der Mann drehte sich noch einmal zu uns um. »Ihr werdet sehen, ich bin schneller zurück, als ihr glaubt!«

Seine Ankündigung stimmte mich nicht gerade heiter. Als wären wir erpicht darauf, ihn wieder zu sehen.

Der Mann rückte seine Jacke zurecht, dann folgte er

unter Protest dem Schaffner. Die Frau mit der Perlenkette und die Schar der Gaffer stapften hinterher.

Endlich waren Jenny und ich wieder allein und ich hätte absolut nichts dagegen gehabt, wenn es so geblieben wäre.

»Glaubst du, er hat den Geldbeutel wirklich gestohlen?«, fragte Jenny. Sie war auffallend blass geworden.

»Vielleicht war er ja deswegen so nervös.«

»Habe ich gar nicht bemerkt. Was passiert mit ihm, wenn er es gewesen ist?«

»Dann kommt die Polizei und verhaftet ihn«, antwortete ich.

»Stell dir vor, wir haben die ganze Zeit neben einem Dieb gesessen!«, sagte Jenny und wurde eine Spur blasser.

Berauschend war die Vorstellung nicht. Hoffentlich kam der Kerl nicht wieder zurück. Irgendetwas stimmte nicht mit ihm. Das sagte mir mein Gefühl.

Die nächsten Minuten nagten ziemlich an den Nerven. In der Furcht, der Kerl würde seine Ankündigung wahr machen, starrten wir ständig zur Tür.

Als der Zug am nächsten Bahnhof hielt, schauten wir aus dem Fenster, ob die Polizei gekommen war, um den Verdächtigen abzuführen. Sosehr wir unsere Augen auch anstrengten, die Polizei war nirgends in Sicht.

»Mach lieber den Reißverschluss zu!«, riet ich Jenny, als der Zug wieder anfuhr, und deutete auf den Rucksack, der neben ihr lag.

»Der ist zu«, meinte Jenny ohne richtig hinzusehen.

»Aber die Außentasche nicht!«

Die Außentasche war viel zu prall gefüllt. Jenny betrachtete sich die Sache etwas näher, steckte die Hand hinein und fischte einen ... Geldbeutel heraus. O Mann! Wie ich die Lage einschätzte, steckten wir bis zum Hals im Schlamassel.

JENNY Finn und ich schauten uns verdattert an. Uns war schlagartig klar, dass dies der gestohlene Geldbeutel war. »Wie kommt der in meinen Rucksack?«, fragte ich Finn verwirrt.

»Wie wohl! Der Mann hat ihn dir heimlich in die Tasche gesteckt! Damit sie ihn nicht für den Dieb halten, falls er durchsucht wird.«

O Gott! »Wir müssen den Geldbeutel zurückbringen!«, sagte ich aufgeregt.

»Damit sie uns verdächtigen! Ich wollte meine Flitterwochen in Dänemark verbringen und nicht hinter schwedischen Gardinen!«

»Hinter was?«

»Hinter Gittern!« Finn verdrehte die Augen, weil ich so schwer von Begriff war.

»Und jetzt?«, fragte ich und starrte auf den Geldbeutel, als hielt ich eine tickende Zeitbombe in der Hand.

»Wir müssen ihn verschwinden lassen! Am besten, wir werfen ihn aus dem Fenster!« Finn streckte die Hand aus.

Ich gab ihm den Geldbeutel. Ehrlich gesagt, war ich froh ihn los zu sein, obwohl sich die Lage dadurch kein bisschen änderte. Ich dachte zuerst auch, dass es eine gute Idee wäre, sich von dem Ding zu trennen. Plötzlich war ich mir aber nicht mehr so sicher. »Vielleicht ist ja ganz viel Geld drin«, gab ich zu bedenken. »Oder der Ausweis der Frau! Dann machen wir uns mitschuldig!«

»Millionen scheinen es nicht zu sein«, sagte Finn und wog den Geldbeutel fachmännisch in seiner Hand.

»Bitte, Finn!«, beschwor ich ihn. »Die Frau sah nicht gerade aus, als wäre sie arm!«

Wortlos öffnete Finn den Geldbeutel.

Ich blickte panisch zur Tür. Wenn jetzt jemand reinkam und uns mit dem Geldbeutel ertappte, waren wir geliefert. Dann kämen wir womöglich doch noch hinter schwedische Gardinen.

Finn pfiff leise durch die Zähne. Die Frau hatte mehrere Hundert Euro dabei. Und zwei Kreditkarten. Finn sah ein, dass wir den Geldbeutel unter diesen Umständen unmöglich aus dem Fenster werfen konnten.

»Wir behaupten einfach, wir hätten ihn im Gang gefunden«, schlug ich vor.

Finn machte den Geldbeutel wieder zu. »Könnte funktionieren.«

Wir wollten uns gerade von den Sitzen erheben, um den Schaffner aufzusuchen, als erneut die Tür aufging. Der Dieb war zurückgekehrt! Ich erschrak fast zu Tode und warf einen Blick auf Finn. Der hatte den Geldbeutel auf rätselhafte Weise verschwinden lassen.

»Falscher Alarm!«, sagte der Mann gut gelaunt. »Wie ich es euch prophezeit habe.« Lächelnd setzte er sich wieder neben mich.

Ich rückte automatisch ein Stück von ihm ab. Es konnte nur einen Grund geben, weshalb er zurückgekehrt war. Er wollte den Geldbeutel heimlich an sich nehmen. Mein Herz klopfte so laut, dass ich Angst hatte, es könnte mich verraten. Der Mann durfte auf keinen Fall dahinter kommen, dass wir ihn durchschaut hatten.

Mir war so schlecht, dass ich dachte, ich müsste gleich sterben. Irgendetwas musste geschehen. Dann wusste ich auch, was! Es war die einzige Rettung. Obwohl ich butterweiche Kniee hatte, erhob ich mich von meinem Platz.

»Ich muss mal!«, sagte ich, um keinen Verdacht zu erregen. Dabei warf ich Finn einen Blick zu, der ihm deutlich machen sollte, dass es mir nicht darum ging, meine eigene Haut zu retten. Ich konnte nur hoffen, dass er meinen Blick richtig deutete und nicht den Kopf verlor, wenn ich ihn allein ließ – sofern der Mann mich im letzten Augenblick nicht festhielt. Die Angst wog schwerer als ein Lastkahn. Ich fürchtete schon, meine Beine könnten nachgeben, doch ich erreichte ungeschoren die Tür. Ich schob sie mit Mühe beiseite, dann war ich im Gang. Beinahe wäre ich losgerannt, konnte mich aber gerade noch beherrschen. Nicht, dass der Mann in letzter Sekunde misstrauisch wurde. Erst als ich aus seinem Blickfeld war, stürmte ich davon. Ich musste unbedingt den Schaffner finden. Ich rannte von Abteil zu Abteil, von Waggon zu Waggon. Nichts. Irgendwo musste der Schaffner doch stecken. Ich wurde immer verzweifelter, da entdeckte ich ihn. Er stand im Gang und unterhielt sich immer noch mit der bestohlenen Frau. Fast wäre ich mit den beiden zusammengestoßen, solch ein Tempo hatte ich drauf.

»Wir haben den Geldbeutel, den der Mann gestohlen hat!«, stieß ich aufgeregt hervor. Völlig außer Atem erzählte ich, was geschehen war.

»Was habe ich Ihnen gesagt!«, ereiferte sich die Bestohlene. »Aber wer glaubt schon einer alten Frau?«

Der Schaffner wollte sich den Dieb sofort vorknöpfen. Zu dritt machten wir uns auf den Weg zum Abteil, als die Frau auf einmal stehen blieb und einen wichtigen Einwand vorbrachte. »Wenn der Geldbeutel im Besitz des Jungen ist, können wir wieder nicht beweisen, dass der Kerl meinen Geldbeutel gestohlen hat. Er wird versuchen dem Kleinen die Schuld in die Schuhe zu schieben!«

Dem Kleinen! Finn war mein Mann und kein Zwerg! Aber abgesehen davon hatte sie Recht. Finn hätte umsonst Blut geschwitzt, wenn wir ins Abteil stürzten und den Mann zur Rede stellten. »Ich locke Finn aus dem Abteil, und wenn der Dieb den Geldbeutel an sich nimmt, können wir ihn verhaften!«, schlug ich vor.

FINN O Mann, da machte ich vielleicht was mit. Und so etwas nannte sich Flitterwochen! Ich hatte den Geldbeutel hinter meinem Rücken tief in die Sitzbank geklemmt. Mehr konnte ich nicht tun – außer beten vielleicht. Der Kerl durfte auf keinen Fall merken, dass seine Beute nicht mehr in Jennys Rucksack war. Sonst war ich erledigt.

»Möchtest du jetzt vielleicht eins?«, fragte mich der Mann und hielt mir erneut ein Kaugummi hin.

»Wir haben selber welche«, entgegnete ich, beugte mich schnell rüber, schnappte mir Jennys Rucksack und fing an nach einer Packung Kaugummi zu suchen, die es in Wirklichkeit gar nicht gab. Ich wollte bloß in den Besitz des Rucksacks gelangen.

»Finde ich jetzt nicht«, brummelte ich schließlich, behielt den Rucksack aber bei mir.

Der Kerl fuhr sich ein paar Mal mit der Hand nervös über den Mund. Ich hatte den Rucksack unter Kontrolle, klar, dass ihm das nicht gefiel. Unentwegt starrte er dorthin, wo er den gestohlenen Geldbeutel vermutete.

Wo Jenny nur blieb? Die Frau hatte Nerven. In so einer Situation aufs Klo zu gehen. Hoffentlich war sie schlau und holte Hilfe. Lange hielt ich das nicht mehr durch. Das T-Shirt klebte mir unter den Achseln – gegen Angst hilft auch nicht das beste 24-Stunden-Deo-Spray –, mein Herz raste wie ein Tourenwagen über den Nürburgring und mein Puls war vergleichbar mit einer brodelnden Quelle.

Der Zug wurde deutlich langsamer.

»Willst du nicht mal nach deiner Freundin schauen«, meinte der Mann, kaum dass der Zug im Bahnhof hielt. »Sie ist schon eine ganze Weile weg. Vielleicht ist ihr ja was passiert.«

Wenn er glaubte, ich falle auf den Trick herein, hatte er sich den Falschen ausgesucht. Er wollte mich nur loswerden, damit er sich den Geldbeutel unter den Nagel reißen konnte, um dann das Weite zu suchen. Nicht mit mir.

»Oder sie ist im Klo eingeschlossen und kommt nicht mehr raus!«, startete er einen neuen Versuch.

Ich rührte mich nicht vom Fleck.

»Ich passe auch auf eure Sachen auf!«

Fast hätte ich dem Kerl den Vogel gezeigt. Auf unsere Sachen aufpassen. Wer es glaubt, wird selig. Ich mochte zwar einen halben Meter kleiner sein als er, aber so viel Grips wie er hatte ich allemal.

»Du traust mir wohl nicht«, sagte der Mann.

Wie wahr. »Ich kenne Sie doch gar nicht«, entgegnete ich aufrichtig.

Der Zug fuhr wieder an. Das Gesicht des Mannes erstarrte zu einer Maske. Ich hatte seinen Plan durchkreuzt. Doch so richtig triumphieren konnte ich nicht. Die Situation blieb heikel. Der Kerl würde nicht eher aufgeben, bis er im Besitz des Geldbeutels war. Ich musste also weiter auf der Hut sein.

Wenn doch nur endlich Jenny mit Verstärkung käme! Dass sie mich so lange schmoren ließ, machte mich allmählich sauer. Und das alles wegen eines Geldbeutels, der mir nicht mal gehörte. Ich spielte ernsthaft mit dem Gedanken, dem Kerl die Beute auszuhändigen, damit die Sache ein Ende hatte.

Im Geiste beschäftigte ich mich bereits mit den Kapitulationsverhandlungen, als Jenny doch noch in der Tür erschien. Sie war allein. Keine Verstärkung. Es war ein schwerer Schlag.

»Kommst du mal?«, forderte sie mich auf.

Ich guckte sie an, als würden ihr Rattenschwänze aus den Nasenlöchern wachsen. Auch jetzt rührte ich mich nicht vom Fleck. Das Risiko, dass der Kerl den Geldbeutel entdeckte, war viel zu groß. Mich wunderte, dass sie das nicht in Betracht zog.

»Du glaubst gar nicht, wer da hinten im Abteil sitzt«, redete sie unbekümmert weiter.

Ich verstand kein Wort.

»Raffael!«, sagte Jenny.

Raffael? Welcher Raffael? Meinte sie etwa meinen Kumpel Raffael? Was machte er in unserem Zug?

»Wir müssen uns beeilen, wenn wir ihn in seinem Abteil besuchen wollen. Er steigt schon bei der nächsten Station aus.«

Raffael im Zug. Ich konnte es einfach nicht glauben.

Jenny starrte mich so merkwürdig an. Als wolle sie mich hypnotisieren. Dann ging mir ein Licht auf. Ich Esel! Jenny wollte mich aus dem Abteil locken. Ich machte Anstalten, mich zu erheben, brach aber die Aktion noch im Anfangsstadium ab. Der Geldbeutel! Ich konnte ihn unmöglich zurücklassen. Sonst wäre die ganze Aufregung für die Katz gewesen.

»Du kannst ruhig alles hier lassen!«, sagte Jenny. »Der Herr wird bestimmt darauf aufpassen!«

Wenn das kein Wink mit dem Zaunpfahl war.

»Mach ich doch gern!«, sagte der Herr.

Ausnahmsweise glaubte ich ihm. Ich stand auf und ging zur Tür. Jenny ergriff sofort meine Hand und zog mich aus dem Abteil.

JENNY Im Gang warteten bereits zwei Polizisten, die der Schaffner über Funk alarmiert hatte. Sie waren beim letzten Stopp in den Zug gestiegen.

»Ist der Geldbeutel noch drin?«, erkundigte sich einer der Polizisten.

Finn nickte. Gut. Sicher würde der Mann den Geldbeutel gleich finden und ihn einstecken. Dann konnte die Falle zuschnappen.

»Ich hatte schon befürchtet, du wärst irgendwo ausgestiegen«, flüsterte Finn.

»Glaubst du im Ernst, ich würde dich jemals im Stich lassen?«, erwiderte ich leise.

Wir lächelten einander an. Da bemerkte ich den Glanz in seinen wunderschönen Augen. Mir wurde ganz warm ums Herz.

Der eine Polizist schlich zum Abteil, linste kurz hinein und huschte an der Tür vorbei. Jetzt war dem Dieb zu beiden Seiten der Fluchtweg versperrt. Die Polizisten brauchten nur noch zu warten, bis der Mann unser Abteil verließ. Den Gefallen tat er uns schließlich auch. Das dumme Gesicht werde ich nie vergessen, als er merkte, dass er in der Falle saß.

»Das habt ihr toll gemacht!«, lobt uns die Frau, nachdem der Dieb abgeführt worden war, und drückte Jenny und mir jeweils zwanzig Euro in die Hand.

Frecher Rabe Fridolin

FINN Papa wollte uns vom Bahnsteig abholen. So hatten wir es zumindest abgemacht. Da standen wir nun mit all unserem Gepäck und wer erschien nicht? Papa! Toller Empfang. Das baut einen nach so einer langen, strapaziösen Reise ungemein auf. Jenny und ich verließen den Bahnsteig. Vor dem Bahnhofsgebäude hielt ich Ausschau nach einem roten Van. Nichts. Von Papa keine Spur. Hm!

Jenny wurde schon leicht sauer. »Kannst du ihn nicht anrufen?«, fragte sie gereizt. »Du hast doch dein Handy dabei.«

Hatte ich schon, doch ich hatte vergessen Papas Nummer zu speichern und auswendig wusste ich sie schon gar nicht.

Jenny verzog das Gesicht, als wäre es meine Schuld, dass auf Papa kein Verlass war.

Überflüssigerweise fing es auch noch an zu nieseln. Notgedrungen zogen wir uns in den Eingangsbereich zurück, von wo wir angestrengt nach draußen schauten.

Eine geschlagene Viertelstunde warteten wir nun und Papa tauchte noch immer nicht auf. Langsam beschlich mich die Befürchtung, er könnte uns vergessen haben. Vielleicht hatte er sich ja auch ein falsches Datum notiert und glaubte, wir kämen einen Tag später.

Ich hatte nicht die Absicht, hier mit Jenny zu übernachten, als mein Blick auf das Taxi fiel, das einsam am Taxistand parkte. Wenn Papa uns schon nicht abholte, würden wir eben zu ihm kommen.

»Wir nehmen das Taxi«, sagte ich.

»Ist das nicht zu teuer?«, gab Jenny zu bedenken.

»Bezahlt Papa.«

Wir nahmen unser Gepäck und schleppten es zum Taxi.

»Sind Sie frei?«, fragte ich den Fahrer, nachdem er das Fenster heruntergelassen hatte.

War er. In diesem Augenblick raste ein roter Van an uns vorbei und kam vor dem Bahnhofseingang abrupt zum Stehen.

»Hat sich erledigt!«, sagte ich zu dem Taxifahrer. »Hab leider die Adresse nicht im Kopf!« Es war die schlichte Wahrheit, aber nicht der eigentliche Grund, weshalb ich meinen Plan änderte.

JENNY »Und jetzt?«, fragte ich Finn und blickte ihn böse an. Ich war müde und wollte eigentlich nur meine Ruhe haben.

Der Regen wurde immer stärker. Auch das noch.

Finn schnappte wortlos sein Gepäck und marschierte auf den roten Wagen zu. Ich heftete mich sofort an seine Fersen. »Die Adresse seines Vaters muss man doch wissen!«, rief ich ihm hinterher. So viel Ungeschicklichkeit hätte ich ihm nie und nimmer zugetraut.

Finn marschierte wortlos weiter. Kaum hatte er den roten Wagen erreicht, schaute er sich nach allen Seiten um, ob uns auch niemand beobachtete, und öffnete die Fahrertür.

Ich geriet sofort in Panik. »Was machst du?«, flüsterte ich, aus Angst, man könnte uns entdecken.

»Ist doch eine günstige Gelegenheit«, antwortete Finn seelenruhig und verstaute sein Gepäck auf dem Beifahrersitz. Er wollte tatsächlich in das fremde Auto steigen.

Ich hielt ihn am T-Shirt fest. »Das tust du nicht!«, zischte ich.

Finn stieg trotzdem ein. »Du kannst ja nass werden, wenn du willst.«

»Im Bahnhof ist es trocken.«

»Aber hier ist es viel gemütlicher. Steig ein!«

So ein Hornochse! Warum wollte er uns mit Gewalt in Schwierigkeiten bringen? »Dann fahre ich eben ohne dich in die Flitterwochen!«, sagte ich, schlug wütend die Fahrertür zu und wollte in den Bahnhof. Ich ging um den Wagen herum, als Finn die Schiebetür beiseite schob.

»Nun komm schon!«, sagte Finn und grinste mich an. »Das ist doch der Wagen von Papa!«

Dieser gemeine Kerl! Mich so reinzulegen! Ich stieg ein.

Finn schob sofort die Tür wieder zu.

»Wir verstecken uns hier drin. Papa soll glauben, er hätte uns verpasst.«

Damit wir von draußen nicht gesehen wurden, duckten wir uns. Finn drängte mich zurück, so dass ich mit meinem Ellenbogen gegen einen Aktenkoffer aus Aluminium stieß, der auf einem der Sitze lag. Es tat ziemlich weh, doch der Schmerz ließ bald nach. Auf dem Koffer war ein Rabe abgebildet. Er hatte unendlich lange Beine. Ich fragte Finn, was es mit dem Raben auf sich hatte.

Finn, der aus dem Fenster spähte, schielte kurz zum Koffer. »He, das ist ja Fridolin!«, rief er hocherfreut und wollte den Koffer öffnen, als plötzlich ein Mann aus dem Bahnhof trat.

»Ist das dein Papa?«, fragte ich Finn.

Er war es. Finn duckte sich, wobei er meinen Kopf nach unten drückte. Fast wäre ich mit der Stirn gegen den Koffer geknallt. Eine Weile verstrich und nichts geschah. Schließlich wagten wir einen Blick hinaus.

Finns Vater unterhielt sich mit dem Taxifahrer, dann kam er auf unseren Wagen zu. Finn und ich machten uns ganz klein. Kurz darauf stieg sein Vater ein.

»Mir bleibt aber auch nichts erspart!«, hörten wir ihn jammern. »Jetzt muss ich doch tatsächlich zur Polizei, sonst finde ich die beiden nie.«

Zur Polizei? Ich guckte Finn eindringlich an. Wir

mussten uns unbedingt zu erkennen geben, bevor sein Vater die Polizei einschaltete.

Da fuhr er auch schon los. Finn hielt sich die Hand vor den Mund, damit ihn sein Kichern nicht verriet. Doch ich fand das gar nicht mehr so lustig. Je länger die Fahrt dauerte, umso unruhiger wurde ich. Ich gab Finn ein Zeichen, dass er gefälligst etwas tun sollte. Finn grinste. Ihm gefiel das Spielchen anscheinend immer besser.

Plötzlich musste ich niesen. Dummerweise konnte ich den Ausbruch nicht gänzlich unterdrücken.

»Gesundheit!«, sagte Finns Vater.

Finn warf mir einen Blick zu, als wünschte er mich auf den Scheiterhaufen.

Prompt musste ich wieder niesen, wenn auch nicht ganz so doll wie beim ersten Mal.

»Scheint wohl so, als hättest du dich erkältet, Fridolin«, sagte Finns Vater.

Das brachte Finn auf eine Idee. Leise öffnete er den Aluminiumkoffer, hob ein Stück den Deckel an, holte den Raben heraus und steckte seine Hand durch eine Öffnung am Rücken.

Ich begriff. Fridolin war eine Handpuppe. Und was für eine. Der Rabe war mindestens so groß wie wir.

Finn hauchte ihm sogleich Leben ein, dabei verstellte er die Stimme, wie er es schon einmal bei meinem Stoffherz getan hatte. »Hatschi!«, machte er und hielt Fridolins Kopf in die Höhe.

»O je!«, sagte Finns Vater. »Dich hat's ja wirklich arg erwischt. Ich kann nur hoffen, Finn und seine

Freundin holen sich nicht auch noch einen Schnupfen. Schließlich wollen wir gleich morgen früh nach Dänemark.«

»Wo sind die beiden denn?«, fragte Fridolin.

»Ich habe keine Ahnung«, antwortete Finns Vater. »Angekommen sind sie aber. Das hat mir der Taxifahrer bestätigt.«

»Vielleicht sind sie ja sauer, weil du nicht rechtzeitig gekommen bist, und haben sich versteckt«, meinte Fridolin. »Ich würde jedenfalls nicht zur Polizei fahren. Sonst kriegst du womöglich noch Ärger.«

»Wieso das denn?«

»Du musst anhalten und die Schiebetür öffnen, dann weißt du es!«

FINN Kurz darauf hielt Papa an und schob die Schiebetür beiseite.

»Ha, ha, ha!«, lachte Fridolin ihm frech ins Gesicht. »Da staunst du, was?«

»Finn! Da bist du!«, spielte Papa das Spielchen mit. »Und ich hatte schon befürchtet, ich müsste eine Vermisstenanzeige aufgeben. Wie geht's?« Lächelnd strich er mir über das Haar.

Beinahe wäre ich ihm vor Freude um den Hals gefallen. Ich hatte ihn so lange nicht mehr gesehen. Trotzdem beherrschte ich mich. Ich war mir nicht sicher, ob man seinem Vater in meinem Alter noch um den Hals fällt. Also begnügte ich mich damit, ihn anzustrahlen. Irgendwie hatte ich ihn etwas schlanker in Erinnerung. Das weiße

Hemd unter seiner schwarzen Weste spannte sich ganz schön.

Plötzlich fiel mir ein, dass ich ja nicht allein war. »Darf ich vorstellen, Jenny, meine Frau!«, sagte ich voller Stolz. Ich hatte extra meinen Arm in ihre Richtung ausgestreckt, so wie man es auf der Bühne macht, wenn man einen großen Star ankündigt. Ich wollte keinen Zweifel daran lassen, für wen mein Herz schlug und es auch noch in tausend Jahren schlagen würde.

Papa reichte Jenny die Hand. »Hallo, ich bin Holger.«

Sein Lächeln war echt, also schien ihm Jenny zu gefallen. Das erleichterte mich ungemein. Ehrlich gesagt hatte ich ein wenig Angst gehabt, er könnte sie vielleicht nicht leiden.

Papa stieg wieder ein. Wir schnallten uns alle an, dann ging die Fahrt weiter. Der Regen hatte etwas nachgelassen.

»Wie war die Reise?«, erkundigte sich Papa.

»Bei uns im Abteil war ein Dieb!«, sprudelte es aus mir heraus und dann erzählte ich ihm, was wir alles erlebt hatten und dass wir nur deswegen ungeschoren davongekommen wären, weil Jenny so unglaublich mutig und pfiffig gewesen war. Auf diesen Hinweis legte ich besonderen Wert. Ich wollte Papa damit zu verstehen geben, dass Jenny nicht nur höllisch gut aussah, sondern noch andere Vorzüge hatte.

Papa war von der Geschichte tief beeindruckt. Und jetzt tat es ihm besonders Leid, dass er sich verspätet hatte.

JENNY Ich fand Finns Papa auf Anhieb nett. Seine lockere Art nahm mir sofort die Angst, ich könnte mich womöglich danebenbenehmen, solange ich zu Besuch war.

Plötzlich pfiff Fridolin leise durch die Zähne. »Was für eine süße Maus!«, sagte er und musterte mich wie eine reife Kirsche, die er am liebsten mit seinem Schnabel verschlungen hätte.

Finn, dieser Spinner. Ich musste kichern.

Fridolin drehte den Kopf zu Finn. »Falls du mal mit ihr Schluss machen solltest, gibst du mir sofort Bescheid«, sagte er. »Ich bin lange genug solo gewesen.«

Danach wandte er sich wieder an mich. »Du magst mich doch, oder?«

Ich musste lachen. »Klar!«

»Hast du gehört, sie mag mich«, sagte er zu Finn.

»Heute Abend schon was vor?«, richtete Fridolin erneut das Wort an mich, dabei schielte er mich von unten an. »Wie wär's mit einem kleinen Spaziergang auf dem Deich?«

»Bei dem Wetter?«

»Du kannst mich ja auch auf meinem Zimmer besuchen«, schlug er vor und lachte sich fast krank.

»Lieber nicht. Sonst kriege ich nachher noch Ärger mit Finn.«

»Na und? Am besten, du gibst ihm gleich den Laufpass! Du musst nämlich wissen, dass ich ein sehr berühmter Rabe bin. Meine Auftritte sind stets ausverkauft. Demnächst trete ich sogar in Amerika auf.«

»Nun übertreibe mal nicht so schamlos«, schaltete sich da Holger ein.

»Sei du ganz ruhig!«, fuhr ihm Fridolin über den Mund. »Ohne mich wärst du gar nichts!«

»Umgekehrt aber auch!«

»Du bist fies! Ich bin ab sofort nicht mehr dein Partner!«

»Tja, dann muss ich mir wohl einen neuen suchen.«

Mir war noch immer nicht so ganz klar, was es mit Fridolin und dieser Partnerschaft auf sich hatte. »Trittst du im Zirkus auf?«, fragte ich ihn.

»Quatsch. Noch nie etwas von dem berühmten Bauchredner Holger Meyer gehört? Ich bin sein ebenso berühmter Partner!«

War mir das vielleicht peinlich. Ich konnte doch nicht ahnen, dass Finns Papa Bauchredner war. Am besten, ich stellte für den Rest des Tages keine Fragen mehr.

Wir fuhren ein gutes Stück an einem Deich entlang. Hinter einer Kurve bog Holger schließlich in eine Toreinfahrt ein und hielt vor einem reetgedeckten Bauernhaus.

Finn legte Fridolin in den Aluminiumkoffer zurück.

»Wieso hast du mir nie erzählt, dass dein Papa Bauchredner ist?«, fragte ich Finn, als sein Vater ausgestiegen war. »Ich dachte, er entwirft Häuser.«

»Er entwirft sie nicht«, entgegnete Finn, »er berechnet die Statik, damit sie nicht zusammenbrechen. Bauchreden ist sein Hobby.«

FINN Wir brachten unsere Sachen ins Haus. In der Diele stapelte sich bereits das Gepäck. Alles für die Reise nach Dänemark, wie unschwer zu erkennen war. Da kam auch schon Hanna. Sie sah schrecklich aus – blass und mit geröteten Augen.

»Habt ihr einen Abstecher ans Meer gemacht?«, wunderte sie sich über unsere Verspätung. Sie redete durch die Nase, als hätte sie einen fürchterlichen Schnupfen.

Zur Begrüßung reichte sie Jenny und mir die Hand. »Angenehme Reise gehabt?«, erkundigte sie sich.

Papa erzählte sofort von dem Dieb und wie wir die Angelegenheit gemeistert hatten.

»Perfekt!«, meinte Hanna.

»Bist du erkältet?«, fragte ich sie.

»Halb so schlimm«, versuchte sie die Sache herunterzuspielen.

»Wenn´s mal so wäre«, murmelte Papa.

Hanna streckte ihm kurz die Zunge raus.

Sonderbare Stimmung, dachte ich, als mir ein verführerischer Geruch in die Nase stieg. Ah, Essen! Kalorien! Mein Magen konnte jede Menge davon vertragen.

Wir folgten Hanna ins Wohnzimmer. »Eigentlich wollten wir draußen grillen«, meinte sie. »Aber dann fing es leider an zu regnen.«

Jenny und ich setzten uns an den gedeckten Tisch. Es war ein schwerer Eichentisch, an den mindestens hundert Leute passten. Es gab verschiedene Salate und Baguette. Die Auswahl warf mich nicht gerade um. Das änderte sich erst, als Papa kurz in der Küche verschwand und mit einem Teller voller Bratwürste zurückkehrte.

Mhhh! Bratwürste! Lecker! Der Abend war gerettet.

Hanna brachte die Kräuterbutter mit. »Ich hoffe, du magst Bratwürste«, sagte sie zu Jenny.

Jenny schaute etwas verlegen vor sich hin und schüttelte zaghaft den Kopf.

»Sie ist Vegetarierin«, klärte ich Hanna auf.

»O je, das hat mir keiner gesagt.« Sie guckte Papa vorwurfsvoll an.

»Du musst mich nicht so anschauen!«, wehrte sich Papa. »Ich bin genauso überrascht wie du.«

»Mein Fehler«, sagte ich. Nicht, dass deswegen zwischen ihnen noch ein Streit entstand.

Hanna bot Jenny an ein paar Spiegeleier zu braten, doch Jenny meinte, dass sie auch so satt würde.

»Habt ihr euch eigentlich die Hände gewaschen?«, fragte uns Papa, als ich mir eine Bratwurst nehmen wollte.

Ich betrachtete meine Hände. »Die sind sauber.«

»Ab ins Bad!«, befahl Papa.

»Wenn ich verhungere, bist du schuld«, sagte ich und ging mit Jenny ins Badezimmer.

Auf dem Weg zurück entdeckte ich in der Diele den Aluminiumkoffer. Fridolin! Der Arme! Bestimmt würde er sich freuen in Gesellschaft zu sein.

»So eine Gemeinheit!«, beschwerte er sich, kaum dass wir im Wohnzimmer waren. »Ihr haut euch den Bauch voll und ich? Ich will auch eine Bratwurst!«

Hanna warf Papa einen strengen Blick zu.

»Wir haben eine Abmachung, Fridolin!«, sagte Papa ernst. »Keine Störung zu den Mahlzeiten!«

»Ich störe doch niemanden! Ich habe mich nur so allein gefühlt.«

»Keine Diskussion!«, blieb Papa hart. »Entweder du setzt dich auf den Stuhl und hältst den Mund oder du wanderst ab in den Koffer!«

Seine Worte waren unmissverständlich. Ich setzte Fridolin auf den Stuhl neben mir.

Hanna musste noch einmal in die Küche. Sie hatte den Ketchup vergessen.

Papa kam das ganz gelegen. »Hanna ist im Moment auf Fridolin nicht gut zu sprechen«, sagte er leise und zwinkerte mir zu.

Ich verstand. Wer weiß, was der freche Rabe zu ihr gesagt hatte. Frauen können manchmal sehr empfindlich sein.

Während wir aßen, erzählte ich Papa ausführlich von unserer Hochzeit und wie Jenny und ich gemeinsam unter einem Dach gelebt hatten und wie wunderbar diese Zeit gewesen war.

»Wenn die Zeit so wunderbar gewesen ist, weshalb seid ihr dann wieder ausgezogen?«, wollte Papa unnötigerweise wissen.

Nun hätte ich ihm von Jennys Techtelmechtel mit diesem Oberangeber von Lennard erzählen können, aber das hätte mir nur die Stimmung verdorben. »Ähm, sagen wir: ein Missverständnis«, drückte ich mich um eine klare Antwort.

Jenny, die neben mir saß, futterte seelenruhig ihren Salat. Sie verzog nicht eine Miene.

Ein Glück, dass Papa nicht nachhakte. Zum Schluss

gab es für jeden noch eine große Portion Eis. Danach war ich so satt, dass ich fast platzte.

Papa half Hanna den Tisch abräumen. Fridolin saß noch immer völlig unbeteiligt da, als sich Papa seiner erbarmte und ihn kurzerhand zum Leben erweckte.

»Mhhh!«, wandte sich Fridolin an Hanna, die gerade den Tisch abwischte. »Ich kann mich nicht erinnern in diesem Haus jemals so gut gespeist zu haben.« Natürlich war es Papa, der Fridolin zum Sprechen brachte, doch Papa war so geschickt, dass er dabei nicht einen Millimeter seine Lippen bewegte. So gut wie er war ich lange nicht.

Hanna würdigte Fridolin mit keinem Blick.

»Ehrlich!«, fuhr er unbekümmert fort. »Dafür dass du nicht kochen kannst!« Fridolin lachte sich fast schlapp.

»Halt ja die Klappe!«, giftete Hanna ihn an. »Oder ich garantiere für nichts!«

»Oh, was sind wir heute wieder empfindlich!«, machte er sich über sie lustig.

Auf einmal musste Hanna niesen.

»Das kommt davon, wenn man nicht zum Arzt geht«, lästerte Fridolin.

»Wundere dich nicht, wenn ich dir eines Tages den Hals umdrehe!«, zischte Hanna und stapfte wütend in die Küche.

»Jetzt ist sie wieder sauer«, sagte Papa zu Fridolin. »Nur weil du deinen vorlauten Mund nicht halten kannst. Und da wunderst du dich, dass du nicht mit in Urlaub darfst.«

»Was kann ich dafür, wenn Hanna die Wahrheit nicht verträgt!«, jammerte Fridolin.

»Ich habe dir schon so oft gesagt, dass du dich nicht

in ihre Angelegenheiten mischen sollst!«, schimpfte Papa. »Zur Strafe kommst du zurück in den Koffer! Und da bleibst du, bis wir aus dem Urlaub zurück sind! So!«

Fridolin fügte sich seinem Schicksal ohne zu murren. Jetzt musste Papa nur noch Hanna besänftigen.

»Schatz!«, rief er und wollte in die Küche, als urplötzlich der Lappen, mit dem Hanna den Tisch abgewischt hatte, mitten in sein Gesicht flog.

Ich musste furchtbar lachen. Jenny machte große Augen und kicherte hinter vorgehaltener Hand.

Die Stimmung blieb den ganzen Abend gedämpft. Papa war hauptsächlich damit beschäftigt, den Wagen voll zu packen. Jenny und ich halfen ihm, so gut es ging.

Gegen halb zehn sollten wir in die Federn. Ich protestierte und machte Papa darauf aufmerksam, dass wir Ferien hätten. Weil wir aber schon um fünf Uhr in der Früh aufbrechen wollten, ließ Papa sich auf keinen Handel ein. Wenigstens durften wir in unseren Schlafsäcken schlafen – als kleine Einstimmung aufs Campieren in Dänemark. Wir lagen im Gästezimmer auf dem Boden, jeder auf seiner Matratze, als Papa uns Gute Nacht wünschte und das Licht ausknipste.

Um uns herum war nichts als Dunkelheit.

»Ob Holger und Hanna sich wieder vertragen?«, unterbrach Jenny die fast schon gespenstische Stille.

»Klar!«, antwortete ich trotz der Zweifel, die ich hatte. Hanna brauchte nur so einen Dickkopf wie Jenny zu haben und die Versöhnung zögerte sich um Jahre hinaus.

»Was meintest du eigentlich beim Abendbrot mit Missverständnis?«, wollte Jenny auf einmal von mir wissen.

Ich überlegte, ob ich darauf eingehen sollte. Mein Verstand sagte Nein. »Möchtest du wirklich, dass wir darüber reden?«, war ich bemüht mein seelisches Gleichgewicht in den Schlaf zu retten.

»Ich glaube nicht«, antwortete Jenny und küsste mich auf die Wange.

Kurz darauf muss ich eingeschlafen sein.

Nordsee Küsst Ostsee

JENNY Wir waren bei schlechtem Wetter losgefahren. Die Vorstellung, bei strömendem Regen die Zelte aufzubauen, stimmte mich nicht gerade fröhlich. Doch kaum hatten wir dänischen Boden erreicht, lachte die Sonne. Meine Stimmung stieg schlagartig. Flitterwochen bei Sonnenschein – was konnte es Schöneres geben. Holger und Hanna hatten übrigens wieder Frieden geschlossen. Ein Glück. Aber Fridolin musste tatsächlich zu Hause bleiben. Schade eigentlich. Es war so lustig mit ihm. Finn hatte zwar noch versucht Holger umzustimmen – vergebens.

Wir fuhren die ganze Zeit auf der Autobahn. Alle zwei Stunden legten wir eine kleine Pause ein, als Hanna auf einmal meinte, dass sie sich jetzt gern ans Steuer setzen würde. Bis dahin hatte ausschließlich Holger den Wagen gelenkt, hauptsächlich auch deswegen, weil Hanna ja diesen Schnupfen hatte oder was es war. Holger meinte, dass es ihm nichts ausmachen würde weiterzufahren. Doch Hanna wollte ihn unbedingt ablösen.

»Mir geht es schon viel besser«, meinte sie. Sie klang überhaupt nicht mehr verschnupft und auch sonst sah sie kein bisschen mehr krank aus.

»Trotzdem solltest du ruhig mal wegen deiner Allergie einen Arzt aufsuchen«, entgegnete Holger leicht gereizt. Wieder streckte Hanna ihm die Zunge raus.

Ich warf Finn einen sorgenvollen Blick zu. Finn guckte ebenso besorgt zurück, konnte sich jedoch ein leichtes Grinsen nicht verkneifen.

Der Ärger war aber schnell verflogen. Trotz des dichten Verkehrs kam Hanna gut voran.

Gegen die Langeweile erfanden Finn und ich eine geheime Zeichensprache. Allerdings klappte die Verständigung nicht immer, weil Finn manchmal die Zeichen durcheinander brachte. Das war witzig und so verging die Zeit wie im Fluge.

Kurz vor Frederikshavn ließ Hanna wieder Holger ans Steuer. Am späten Nachmittag erreichten wir Skagen. Holger hatte Lust auf Bratfisch und schlug vor am Hafen Halt zu machen. Hanna war dafür, zuerst zum Campingplatz zu fahren und die Zelte aufzubauen und dann nach Skagen zurückzukehren. Ich hatte großen Hunger und bestimmt gab es am Hafen meine heiß geliebten Fish & Chips, daher hielt ich von Hannas Vorschlag nicht allzu viel. Weil Holger sich mit Hanna nicht einigen konnte, ließ er Finn und mich entscheiden. Ich stimmte wie Finn für Holger – damit war die Sache klar.

Die Suche nach einem Parkplatz erwies sich als ziemlich schwierig. Nirgends war eine Lücke.

»Da fährt gerade einer raus!«, rief ich.

Holger trat wie verrückt auf die Bremse, setzte ein Stück zurück und wollte schnellstmöglich parken. Doch dann sahen wir das Schild mit dem Rollstuhl darauf. Es war ein Behindertenparkplatz, der frei geworden war. Hätte ich doch nur nichts gesagt.

»Park doch einfach!«, meinte Hanna. »Oder glaubst du, die Leute halten sich an das Schild?«

»Ich schon!«, antwortete Holger, setzte zurück und blickte sich um.

Schwupp!, war der Behindertenparkplatz schon wieder belegt. Ein Mann und eine Frau mit einem Pudel stiegen aus. Keiner von beiden war behindert.

»Was habe ich dir gesagt!«, meinte Hanna.

»Und wenn ich hundertfünfzig Kilometer zu Fuß gehen muss, ich parke grundsätzlich nicht auf einem Behindertenparkplatz!«

»Tu das, mein edelmütiges Bärchen!«, neckte Hanna ihn und strich ihm über die Wange. »Aber die hundertfünfzig Kilometer kannst du alleine gehen.«

Bärchen! Finn und ich grinsten uns an.

Wir erwischten dann doch noch einen Parkplatz, so dass uns der Hundertfünfzig-Kilometer-Fußmarsch erspart blieb. Ich hätte ihn sowieso nicht überstanden, weil ich unterwegs vor Hunger gestorben wäre.

Der Hafen war voller Segelboote und Yachten. Die Leute saßen draußen an langen Tischen und aßen.

Holger bestellte für jeden von uns Fish & Chips. Ich wollte meine Portion selbst bezahlen, aber ich wurde von ihm eingeladen. Wie nett. Während Holger und Hanna auf einer Bank am Kai Platz nahmen, gingen Finn und ich zum Anlegesteg. Wir fanden eine Stelle, wo noch kein Boot angetäut war, setzten uns auf die Holzbohlen und ließen die Beine über dem Wasser baumeln. Es war wunderschön hier. Nur die vielen Quallen störten mich ein wenig, es müssen Tausende gewesen sein.

Ich piekte in ein Stück panierten Fisch und hielt es Finn vor den Mund. »Für mein Bärchen!«, sagte ich und lachte.

Finn ließ sich den Happen nicht entgehen. Kaum hatte er den Bissen hinuntergeschluckt, bot er mir eine von seinen Fritten an. »Für meine Zuckerschnecke«, kicherte er.

So ging das eine ganze Weile. Ein Happen für mein Bärchen, ein Happen für seine Zuckerschnecke. Die Leute, die an uns vorübergingen und uns hätten zuhören können, waren uns egal. Sie verstanden uns ja sowieso nicht, es sei denn, es wären Touristen aus Deutschland gewesen, und auch das hätte uns nicht weiter gestört. Die Hauptsache, Finn und ich hatten unseren Spaß. Ich glaube, er war genauso glücklich wie ich.

FINN Danach fuhren wir zum Campingplatz. Papa stellte den Wagen auf dem Parkplatz ab und ging allein in die Rezeption. Um keine unliebsamen Überraschungen zu erleben, hatte er sich schon ein paar Wochen zuvor per E-Mail einen Platz reservieren lassen. Kurz darauf kam er mit einem Lageplan zurück, mit dessen Hilfe ihn Hanna zu dem angegebenen Platz lotste.

Wir hatten insgesamt drei Zelte dabei, zwei Igluzelte zum Schlafen und ein geräumiges Steilwandzelt, in dem wir uns bei schlechtem Wetter aufhalten konnten, ohne dass wir uns gleich auf die Zehen traten.

Nachdem die Zelte standen und alle Rucksäcke und Taschen einschließlich der Küchenvorräte verteilt waren, wollte Hanna unbedingt zum Strand, und zwar dorthin, wo Ost- und Nordsee aufeinander treffen. Zu Fuß wäre es ein ziemlich langer Marsch geworden und dann hätten wir die ganze Strecke ja auch wieder zurück müssen. Also stiegen wir in Papas Wagen und fuhren zur nördlichsten Spitze Dänemarks.

Die Straße führte an der Ostsee entlang, die wir aber wegen der grasbewachsenen Dünen vom Wagen aus nicht sehen konnten.

»Da, ein Leuchtturm!«, rief Jenny auf einmal.

Es war der Leuchtturm von Grenen, das nördlichste Leuchtfeuer Dänemarks, wie Papa meinte.

»Gehen wir da mal hinauf?«, fragte Jenny voller Begeisterung.

Papa versprach, dass wir den Turm gern an einem anderen Tag besichtigen könnten. Dann hätten wir mehr Zeit.

Kurz darauf stellte er den Wagen auf einem Parkplatz ab. Es war der nördlichste Parkplatz von Dänemark.

Jenny und ich eilten voraus und stapften einen Sandweg hinauf, dabei kamen wir an einem Papierkorb vorbei.

»Das ist der nördlichste Papierkorb Dänemarks!«, sagte ich.

Irgendwo lag eine leere Coladose im Sand. »Und das ist die nördlichste Umweltverschmutzung Dänemarks!«, meinte Jenny und rümpfte die Nase.

Schließlich erreichten wir den höchsten Punkt der Düne. Die Aussicht war überwältigend. Unter uns der weiße Sandstrand und ringsherum nur Meer. Und dazu der strahlend blaue Himmel. Herz, was willst du mehr.

In diesem Augenblick fasste mich Jenny bei der Hand. Ihr muss ähnlich feierlich zu Mute gewesen sein wie mir.

»Das ist bestimmt die Stelle, wo sich die Nordsee und die Ostsee treffen«, sagte sie und deutete in westliche Richtung, wo der Strand wie eine spitze Zunge in das Meer hinausragte und wo etliche Leute in dem schäumenden Wasser wateten.

Ich wollte sofort mit ihr hin und rannte los, als ich plötzlich einen Pfiff vernahm. Papa! Er gab uns ein Zeichen, dass wir auf sie warten sollten. Das taten wir, wenn auch widerwillig. Ich wollte unbedingt ans Wasser.

»Seht ihr die Leute da hinten?«, sagte Papa. »Dort treffen sich Kattegat und Skagerrak.«

Ich guckte Papa an, als hätte er einen Sprachfehler. »Kittekat und Skagewas?«

»Kattegat und Skagerrak«, wiederholte Papa. »Die Ostsee und die Nordsee.«

Und um uns das zu sagen, hatte er uns zurückgepfiffen?

»Die Strömung kann hier sehr gefährlich sein«, meinte Papa.

»Wir hatten eigentlich nicht vor hinauszuschwimmen«, entgegnete ich.

»Trotzdem!«, beharrte Papa. »Wir bleiben zusammen!«

Nichts deutete auf seine Gefährlichkeit hin, so ruhig war das Meer. Dort, wo die Wellen der Nordsee auf die Wellen der Ostsee trafen, bildeten sich Schaumkronen. Es war ein Wunder der Natur und dennoch sah alles so einfach, so friedlich aus, als wäre das Aufeinandertreffen der Meere so normal wie die Möwen, die über unseren Köpfen kreisten.

Jenny und ich wateten barfuß in das Wasser. Papa und Hanna waren dicht hinter uns. Jenny ging in der Nordsee, ich in der Ostsee. Wir bewegten uns in zwei verschiedenen Welten und waren uns doch so nah.

Da das Wasser nicht sonderlich tief war, wagten wir uns einige Meter hinein ohne gleich befürchten zu müssen, dass uns die Strömung mitriss. Trotzdem war mir ein wenig mulmig zu Mute. Plötzlich musste ich an den weißen Hai denken. Das passierte mir oft, wenn ich mich im Meer aufhielt. Es ist wie eine Zwangsvorstellung. Ich hatte noch nie mit jemandem darüber gesprochen. Auch nicht mit Jenny und ich hatte es auch nicht vor. Ich hätte mich nur lächerlich gemacht, zumal in diesen Gewässern der gefährlichste Fisch der Hering war. Das Wissen darüber änderte nichts an dem mulmigen Gefühl, das sich wie ein lästiger Untermieter bei mir eingenistet hatte.

Wo zwei Meere aufeinander stoßen, kann man auch gleichzeitig darin stehen – weißer Hai hin oder her. Und so stellten Jenny und ich uns mit dem einen Bein in die Ostsee und mit dem anderen in die Nordsee, die Gesichter einander zugewandt. Jenny sah mich strahlend an. Ich fand, es war eine herrliche Gelegenheit, sie zu küssen. Das muss sich auch Jenny gedacht haben, denn sie bewegte sich einen Schritt auf mich zu und dann berührten sich unsere Lippen wie zwei sanfte Wellen, nur dass Jennys Lippen nicht salzig, sondern süß wie Honig schmeckten. Die Augen verschlossen vernahm ich das Rauschen der Meere, ganz verloren in unserem wohl außergewöhnlichsten Kuss, denn immerhin war dies der nördlichste Kuss von Dänemark.

Auf dem Rückweg hielten Papa und Hanna Händchen. Man hätte meinen können, sie wären ein frisch verliebtes Paar. Ob Papa mit Mama früher auch Händchen gehalten hatte? Schade, dass sie nicht hier sein konnte. Statt Hanna. Nicht, dass ich etwas gegen Hanna gehabt hätte, sie war wirklich in Ordnung, aber in diesem Augenblick hätte ich mir so sehr gewünscht, es wäre Silke, die neben Papa ging. Papa mit Silke und ich mit Jenny: Mein Glück wäre vollkommen gewesen. Auf einmal wurde mein Herz ganz schwer – wie eine Boje, die irgendwo weit draußen auf dem Wasser trieb.

Zurück auf dem Campingplatz wollte Jenny noch Badminton spielen. Ich war reif für den Schlafsack. Trotzdem willigte ich ein. Ich verstand mich selbst nicht. Warum tut ein Mensch anderen einen Gefallen, wenn er eigentlich gar keine Lust dazu hat? Wahrscheinlich um sich keine Blöße zu geben. Ich meine, ich konnte ja schlecht sagen, dass ich mich zu schlapp fühlte, während Jenny noch fit wie ein Turnschuh war. Was hätte das für einen Eindruck gemacht? Das Dumme ist nur, dass man auch nicht sonderlich gut spielt, wenn man keine Freude daran hat. Genau genommen hatte ich nur Unfug im Sinn, so dass ein vernünftiges Spiel erst gar nicht zustande kam.

»Du bist doof!«, meinte Jenny schließlich, pfefferte den Schläger ins Gras und verzog sich verärgert in unser Zelt.

Das kommt dabei heraus, wenn man Dinge gegen seine Überzeugung tut.

Ich brachte die Schläger in das große Zelt und setzte mich zu Papa draußen an den Tisch. Hanna war zum Duschen und hatte den kleinen Zwischenfall mit Jenny nicht miterlebt. Es hatte zu dämmern begonnen, und obwohl mir fast die Augen zufielen, genoss ich diesen Moment. Wann war ich mit Papa schon mal ganz allein?

»Man hat es nicht leicht mit den Frauen«, sagte er und schmunzelte.

»Hm!«, bestätigte ich.

»Wie läuft's zu Hause?«, erkundigte er sich.

»Du kennst ja Mama. Fernsehen nur nach vorheriger Absprache und dann nur Filme, in denen kein Blut fließt. In unserer Klasse bin ich ein Außenseiter, weil ich nie mitreden kann.«

»Hat sie nun endlich ihren Verein gegen Gewalt im Fernsehen gegründet?«

Das war kein Scherz von ihm. Mama war wirklich dabei, einen solchen Verein zu gründen. Das hatte sie aber schon seit Jahren vor. Mit dem Verein wollte sie erreichen, dass sie im Fernsehen keine Gewalt verherrlichenden Filme mehr zeigen. Ich hatte keine Ahnung, was aus ihrer Idee geworden war, und ehrlich gesagt wollte ich es auch gar nicht wissen. Ich zuckte mit den Schultern.

»Wie läuft es sonst so?«, wollte Papa wissen.

»Gut«, antwortete ich. Ich hätte ihn gern gefragt, ob es nicht möglich wäre, dass er wieder zu uns zieht, zumindest in unmittelbare Nähe, so dass ich ihn öfter sehen konnte. Mir fehlte einfach das regelmäßige Gespräch mit einem Mann. Ein Mann versteht einen Jungen hundertmal besser als eine Frau. Woher soll eine Frau wissen, was im Kopf eines Jungen vor sich geht? Außerdem hatte ich es fast ein Leben lang nur mit Frauen zu tun. Das fing schon damit an, dass mir eine Hebamme auf die Welt verhalf. Im Kindergarten gab es nur Erzieherinnen, in der Grundschule das gleiche Bild, alles Frauen. Dann ließen sich Papa und Mama scheiden und fortan war ich auch zu Hause ausschließlich von weiblichen Personen umgeben. Ich lebte – wenn man so will – in einer Welt ohne Männer. Ich konnte mir nicht vorstellen, dass so etwas ohne Folgen bleibt. Vielleicht würde ich das erst in zwanzig Jahren merken – auf der Couch eines Psychiaters. Erst ab der fünften Klasse kreuzten Männer meinen Weg. Aber sie waren zu nichts nutze. Sie pressten aus einem nur Formeln und irgendwelche langweiligen Geschichtsdaten heraus oder kritzelten immerzu Striche in ihr Notenbuch, wenn man mal seine Hausaufgaben nicht hatte. Mir fehlte Papa. Doch ich wusste nur zu gut, dass er dort bleiben würde, wo er war – bei Hanna. Es hätte also keinen Sinn gemacht, ihn mit meinen Gedanken zu behelligen. Und so begnügte ich mich damit, neben ihm zu sitzen und seine Gegenwart zu genießen.

Papa stellte mir immer neue Fragen. Ob ich noch Fußball spielte, Borussia nach wie vor mein Lieblingsverein sei und lauter solche Dinge. Meine Augen waren inzwischen schwer wie Blei, als sich mir der alte Gedanke aufdrängte. Ich wurde ihn einfach nicht los, er beherrschte mich wie eine riesige Krake, die ihre gewaltigen Arme um ihre Beute schlingt – sosehr ich mich auch anfangs dagegen wehrte. Bis mein Wille gebrochen war. Ich hörte Papa überhaupt nicht mehr richtig zu. Ich war nur noch von dem einzigen Gedanken beseelt, ihm endlich die Frage zu stellen, die mich die ganze Zeit quälte.

»Kannst du nicht wieder zu uns ziehen?«, platzte es aus mir heraus, obwohl er mitten im Reden war.

Papa guckte mich an, als hätte ich mich in ein Känguru verwandelt.

Das war exakt der Zeitpunkt, wo ich die Frage auch schon wieder bereute. Doch für einen Rückzug war es zu spät. »Zumindest in unsere Nähe«, ergänzte ich, damit es kein Missverständnis gab. »Du kannst Hanna von mir aus auch mitnehmen!«

»Oh, danke«, sagte Papa und setzte ein gezwungenes Lächeln auf.

Ich hätte ihm gern erklärt, warum seine Nähe für mich so wichtig war. Doch ein Blick in sein Gesicht genügte, damit meine Hoffnung, die allenfalls das Volumen einer Erbse hatte, auf die Größe eines Zeckenkopfes schrumpfte und ich kein einziges Wort herausbekam.

Bevor Papa den Mund aufmachte, kannte ich bereits die Antwort.

»Es geht nicht«, sagte er und dann erklärte er mir, was ich längst wusste, aber nicht so richtig wahrhaben wollte. Es ging nicht wegen Hanna. Hanna hatte eine Polsterei und da kann man natürlich nicht so einfach umziehen.

»Glaub mir, ich hätte sonst alles daran gesetzt, in eurer Nähe zu sein«, beteuerte Papa. »Ich vermisse dich und Leonie, wie ihr mich vermisst.«

Ich glaubte ihm. »Und wenn Hanna ihre Polsterei verkauft?«, startete ich einen letzten Versuch.

Papa lächelte. »Hanna hängt an ihrem Beruf.«

»Vielleicht hat sie ja davon die Allergie«, sagte ich aufs Geratewohl.

»Daran habe ich auch schon gedacht«, schmunzelte Papa. »Nur würde Hanna das nie zugeben.«

»Deswegen willst du, dass sie zum Arzt geht«, sagte ich.

Papa nickte. »Aber das bleibt unter uns.«

Das war es, was ich so dringend brauchte wie Sauerstoff: die Verschwörung unter Männern – als wirksames Bollwerk gegen die Allmacht der Frauen.

»Bei meiner Ehre!«, erklärte ich feierlich.

In diesem Augenblick kam Hanna vom Duschen zurück. Es war alles gesagt, was gesagt werden musste, und da ich hundemüde war, ging ich ohne zu murren zu Bett.

»Schlaf schön«, sagte Papa und umarmte mich. Das hatte er schon lange nicht mehr getan. Es tat verdammt gut.

Ich krabbelte ins Zelt. Jenny schlief schon. Mir fiel ein, dass sie sauer auf mich war. Nichts, was man nicht hätte wieder geradebiegen können, sagte ich mir, zog mich aus und schlüpfte in meinen Schlafsack. Ich musste an Papa denken und an unser Gespräch. Ich stellte mir Hanna vor – mit dicken roten Augen, die alles verkaufen musste, weil sie wegen ihrer Allergie ihre Polsterei nicht mehr betreten konnte und somit nichts mehr im Wege stand, dass Papa mit ihr in unsere Straße zog. O Mann, was würde ich darum geben, wenn Papa unser Nachbar wäre.

Hand in Hand

JENNY Irgendwo bellte ein Hund. Ich öffnete die Augen einen Spalt weit und blinzelte hinüber zu Finn. Er schlief noch tief und fest. Ich steckte den Kopf aus dem Zelt, um zu sehen, ob schon jemand von den Erwachsenen aufgestanden war. War aber nicht der Fall. Auf dem Platz selbst herrschte rege Betriebsamkeit. Einige Camper frühstückten bereits. Andere kamen gerade mit ihrem Waschzeug von den Duschen. Ich kroch wieder in meinen Schlafsack und versuchte noch ein wenig zu schlafen. Es klappte nicht. Ich drehte mich zu Finn und beobachtete ihn. Wie friedlich er schlief. Nur seine Augenlider zuckten. Ich fand das lustig. Was er wohl träumte? Vielleicht träumte er ja von mir. Oder von uns beiden zusammen. Es war ein wunderschöner Anblick. Doch irgendwann verliert selbst der wunderschönste Anblick seinen Reiz. Mir wurde langweilig. Neben mir lag ein blaues Band aus Baumwolle – keine Ahnung, wie es dahin gekommen war und was es damit auf sich hatte –, jedenfalls nahm ich das Band und hielt es so über Finns Kopf, dass das eine Ende sein Ohr berührte. Zuerst passierte nichts, dann griff Finn schlafend mit der Hand an sein Ohr. Ich zog das Band schnell weg. Dieses Spielchen wiederholte ich einige Male, bis Finn sich so genervt fühlte, dass er das Band mit der Hand wegzuschlagen versuchte. Ich musste lachen, doch dann verlor ich den Spaß an der Sache. Es war gemein, Finn mitten im Schlaf zu ärgern. Die Einsicht kam ein paar Sekunden zu spät. Plötzlich bewegte sich Finn hin und her und öffnete die Augen. Ich zog mich eiligst auf meine Seite zurück. Finn drehte sich auf den Rücken und streckte sich. Dabei gab er ganz merkwürdige Geräusche von sich – wie ein altes, quietschendes Fahrrad.

»Ich habe dich beobachtet, als du geschlafen hast«, sagte ich. »Du hast geträumt.« Und dann erzählte ich ihm, dass sich seine Augenlider bewegt hätten.

»Ich habe geträumt, ich liege in den Dünen und ein blöder Grashalm berührt mein Ohr«, entgegnete Finn. »Es hat die ganze Zeit gekitzelt.«

»Komischer Traum«, sagte ich und lachte. Beinahe hätte ich ihm gestanden, dass ich dieser Grashalm war.

Nachdem sich Finn den Schlaf aus den Augen gerieben hatte, zogen wir uns an und gingen uns waschen. Ich hatte mir seit mehr als vierundzwanzig Stunden nicht mehr die Zähne geputzt. Abgesehen davon, dass das nicht gut für die Zähne war, konnte frischer Atem nicht schaden – für den Fall, dass Finn und ich uns wieder küssen sollten, so wie am Tag zuvor, als wir mit einem Bein in der Nordsee und mit einem Bein in der Ostsee standen. Daran musste ich beim Zähneputzen denken. Die Knie wurden mir wieder ganz weich. Müsste ich eine Topliste der schönsten Küsse erstellen, wäre unser allererster Kuss die absolute Nummer eins, dicht gefolgt vom Kuss am Tag unserer Versöhnung. Und an die dritte Stelle würde ich den Kuss am nördlichsten Zipfel von Dänemark setzen. Alles Spitzenküsse, jeder auf seine Weise etwas ganz Besonderes – obwohl es immer etwas Besonderes war, wenn Finn und ich uns küssten.

Finn wartete bereits auf mich. Frisch gekämmt sah er wieder fantastisch aus.

Wir schlenderten zurück zum Zelt.

»Ich wollte mich übrigens wegen gestern Abend entschuldigen«, fing Finn auf einmal an.

Ich wusste zuerst gar nicht, was er meinte, bis ich begriff, dass er vom Badmintonspiel sprach.

»Ich wollte dich nicht ärgern«, sagte Finn. »Ich war nur so hundemüde. Deswegen hatte ich auch keine rechte Lust. Du kennst das doch selbst. Du bist müde, der Verstand setzt aus und ...«

»Und?«

»Na ja, dann tut man eben Dinge, nur um dem anderen gefällig zu sein.«

»So, tut man das?« Ich fand es süß, wie er sich bemühte. Wenn ich ehrlich bin, hatte ich selbst keine rechte Lust auf Badminton gehabt, denn kaum hielt ich den Schläger in der Hand, merkte ich erst, wie kaputt ich war. Auf diese Weise hatte Finn mir einen guten Grund geliefert, das Spiel abzubrechen. Deswegen trug ich ihm die Sache auch nicht nach.

»Ich jedenfalls«, sagte Finn.

Für einen Mann war dieses Geständnis ein erstaunlicher Fortschritt. »Hast du mich dann auch nur aus Gefälligkeit geheiratet?«, fragte ich ihn. Es fing allmählich an mir Spaß zu machen, ihn ein wenig aufzuziehen.

»Quatsch!«, antwortete Finn leicht gereizt. »Das war doch nur auf den gestrigen Abend bezogen!«

»Das hörte sich aber vorhin an, als wäre dir das schon öfter passiert.«

»Dass ich jemanden aus Gefälligkeit heirate?«, meinte Finn entgeistert.

»Nein, dass du Dinge aus reiner Gefälligkeit tust!«

»Machst du das nie?«

»Ständig!«, antwortete ich. »Wenn ich zum Beispiel zu Hause den Tisch abräumen muss. Oder wenn ich meine Musik leiser drehen soll oder ich mal wieder auf Julian aufpassen darf.«

»Da geht es mir kein bisschen besser«, sagte Finn. »Manchmal habe ich das Gefühl, das Leben besteht aus reinen Gefälligkeiten.«

Holger und Hanna waren inzwischen wach. Ein Tisch und vier Stühle waren bereits vor dem Steilwandzelt aufgestellt. Hanna deckte den Tisch.

»Sagt mal, könntet ihr uns vielleicht einen Gefallen tun und Brötchen fürs Frühstück kaufen?«, fragte uns Hanna.

Finn und ich schauten uns an, plötzlich mussten wir kichern.

FINN Acht Brötchen sollten es sein, hauptsächlich Vollkornbrötchen, je nachdem was noch zu haben war.

Auf dem Weg zum Supermarkt, der sich bei der Einfahrt des Campingplatzes befand, fiel mir ein, dass ich überhaupt kein Dänisch konnte. Na toll! »Was heißt Brötchen auf Dänisch?«, wollte ich von Jenny wissen.

»Du musst doch kein Dänisch können, nur um Brötchen zu kaufen«, meinte Jenny. »Zeig einfach mit dem Finger darauf.«

»Und acht?«, fragte ich.

»Eight!«

»Klingt, als wäre es Englisch.«

»Das verstehen die bestimmt.«

»Kauf du die Brötchen«, sagte ich, »du sprichst besser englisch als ich.« Ich hielt ihr das Geld hin.

Jenny wollte aber nicht.

»Wenn ich schon mal jemanden um einen Gefallen bitte!«, seufzte ich.

Jenny kicherte.

Wir betraten den Supermarkt. Von Brötchen nirgends eine Spur.

»Vielleicht sind sie schon ausverkauft!«, sagte ich, in der Hoffnung, um eine Blamage herumzukommen.

Doch die Hoffnung zerstob wie ein Staubkorn bei Windstärke zehn.

»Die Brötchen gibt es an der Kasse!«, sagte Jenny.

Ich folgte ihrem Blick. Tatsächlich. Die Brötchen lagen in durchsichtigen Plastikboxen hinter der Kassiererin. Wir stellten uns in die Schlange, die sich an der Kasse gebildet hatte. Die meisten kauften nur Brötchen. Es wurden immer weniger. Vollkornbrötchen entdeckte ich überhaupt keine. Je weiter wir vorrückten, desto mehr klopfte mir das Herz. Als würde ich zum ersten Mal in meinem Leben Brötchen kaufen. Verrückt. Ich stand unter einem ungeheuren Druck. Nur weil ich nichts falsch machen wollte. Nachher drehten sie mir wer weiß was an, Gurken zum Beispiel. Oder Topflappen. Ich meine, wie soll man etwas richtig machen, wenn man die Sprache nicht beherrscht? Ich wurde immer nervöser und dann trat das ein, wovor ich am meisten Bammel hatte – die Reihe war an mir. Am liebsten hätte ich die, die hinter mir standen, vorgelassen. Wenn ich wenigstens alleine in dem Laden gewesen wäre. So hatte ich das Gefühl, mir schauten tausend Leute zu.

Jenny stieß mir ihren Ellenbogen in die Seite.

Plötzlich fragte mich die Kassiererin etwas auf Dänisch. Ich zuckte zusammen. Auch das noch.

Ich war kurz davor, aus dem Laden zu rennen, als Jenny mir erneut ihren Ellenbogen zu spüren gab. »Die Brötchen!«, flüsterte sie.

Ihr Hinweis war mir eine große Hilfe. »Ich weiß!«, zischte ich zurück. »Siehst du vielleicht irgendwo Vollkornbrötchen?« Sollte sie sich doch darum kümmern.

»Vollkornbrötchen sind keine mehr da«, sagte auf einmal die Kassiererin in allerbestem Deutsch.

Ich war so erleichtert, dass ich der Frau beinahe um den Hals gefallen wäre, egal was Jenny dazu gesagt hätte.

»Dann nehme ich acht von den normalen«, sagte ich.

Die Kassiererin packte die Brötchen in eine große Tüte.

Ich zahlte und verließ mit Jenny den Laden.

»Siehst du, war doch ganz einfach!«, tönte Jenny.

Ganz einfach! Mein Hemd war durchgeschwitzt und ich hatte mindestens zwanzig Kilo abgenommen. Um den Verlust von Millionen Kalorien wettzumachen, würde ich hunderttausend Brötchen essen müssen – Vollkornbrötchen, versteht sich.

Nach dem Frühstück fuhren wir nach Skagen. Hanna wollte unbedingt einen Stadtbummel machen. Es gab keine Boutique, die sie ausließ, kein Geschäft, in das sie nicht ihren Fuß setzte. Mir war furchtbar langweilig. Jenny dagegen schien ihren Spaß zu haben. Selbst Papa machte gute Miene zu diesem öden Spiel.

»Steht mir die nicht prima?«, fragte mich Jenny auf einmal. Ich glaube, wir waren gerade in der eintausendfünfhundertsechsundzwanzigsten Boutique. Sie hatte sich eine rote Mütze aufgesetzt. Die Mütze erinnerte mich irgendwie an einen Ballon. Jenny sah schrecklich damit aus.

»Toll!«, sagte ich in einem Ton, der genau das Gegenteil ausdrückte und damit wiedergab, was ich dachte.

Danach setzte sie sich eine weiße Anglermütze auf. »Und wie sehe ich jetzt aus?«

»Wie jemand, dem gerade ein Fisch vom Haken gesprungen ist«, antwortete ich und lachte, obwohl sie mit der Mütze gar nicht mal so übel aussah.

Jenny betrachtete sich im Spiegel und gefiel sich.

Ich setzte zum Scherz ebenfalls eine von den weißen Mützen auf. Gemeinsam bauten wir uns vor dem Spiegel auf. Jenny musste kichern. Ich fand, dass wir ein richtig cooles Paar abgaben. Ich musste Papa nicht lange beknien, bis er mir die Mütze kaufte. Jenny bezahlte ihre vom Taschengeld.

Händchen haltend und mit den Anglermützen auf dem Kopf verließen Jenny und ich den Laden. Ich merkte, wie uns die Leute neugierig anguckten. Mich störten ihre Blicke nicht. Im Gegenteil. Dass wir für die Leute so interessant waren, machte mich stolz. Die Mützen trugen wir von da an jeden Tag.

Wir marschierten zum Hafen und aßen ein Eis. Genau das Richtige bei dem heißen Wetter. Am Abend, so informierte uns Papa, würden wir Espen und dessen Frau besuchen. Espen war ein Freund von Papa. Er wohnte etwas außerhalb von Skagen und war vor ein paar Monaten Vater geworden. Doch bis zum Besuch war noch Zeit und daher besichtigten wir sehr zur Freude von Jenny den Leuchtturm von Grenen.

Dummerweise gab es keinen Fahrstuhl, so dass wir den runden, aus Stein gemauerten Turm zu Fuß hinaufmussten. Jenny zählte die Stufen. Auf die Idee wäre ich nie gekommen, zumal meine Beine mit jeder Stufe schwerer wurden. Ich war fix und fertig, als wir die Plattform erreichten, und dann wehte auch noch ein grässlicher Wind. Fast wäre meine Mütze weggeflogen. Alles am Körper flatterte.

Jenny hatte zweihundertzehn Stufen gezählt. Ich hätte eher auf zweihunderttausend getippt. Auch sie war ganz schön geschafft. Wie beruhigend.

Die Aussicht war phänomenal, die Ostsee so blau wie der Himmel.

»Da hinten liegt Skagen!«, sagte Papa.

Irgendwo da hinten hatten wir vorhin noch ein Eis gegessen. Stark.

Dann ging es wieder hinunter. Der Abstieg war wesentlich angenehmer. Ich hätte locker eine Million Stufen gepackt, und das ohne eine Pause einzulegen.

Doch der Leuchtturm sollte mich so schnell nicht loslassen. Kaum waren wir unten, meinte Jenny, dass wir noch einmal hinaufmüssten.

»Klar!«, sagte ich ganz trocken. Ihre Scherze waren auch schon besser gewesen.

»Wir haben etwas ganz Wichtiges vergessen!«, meinte sie.

»Meine Mütze ist noch auf meinem Kopf!«, entgegnete ich.

»Als wir gestern mit einem Fuß in der Nordsee und mit einem Bein in der Ostsee standen, da haben wir was gemacht?«

Ich überlegte. Immerhin waren seitdem knapp vierundzwanzig Stunden vergangen. »Wir haben ... Moment, gleich hab ich es ... wir haben uns geküsst!« Soll einer sagen, ich hätte kein gutes Gedächtnis.

»Und wo genau?«

»An der nördlichsten Stelle von Dänemark vielleicht?«, antwortete ich, dabei tat ich, als wäre ich mir nicht ganz sicher.

»Genau! Und das hier ist der nördlichste Leuchtturm von Dänemark. Kapiert?«

»Kapiert!«, sagte ich. Sie wollte einen Kuss von mir. Kein Problem. Ich nahm sie in den Arm.

»Doch nicht hier!«, protestierte sie. »Ich möchte, dass wir uns auf dem Leuchtturm küssen!«

»Du willst wirklich wieder hinauf?«, fragte ich fassungslos.

»Du nicht?« Dieser Blick. Als würde es ihr jeden Augenblick das Herz brechen.

»Doch, doch!«, antwortete ich schnell und ertappte mich dabei, wie ich wieder im Begriff war, etwas gegen meine innerste Überzeugung zu tun. Ich war froh, dass ich den ersten Aufstieg einigermaßen überlebt hatte. Wollte sie unbedingt meinen Tod?

»Aber nur, wenn es auch dein Wunsch ist«, sagte sie.

Als hätte ich eine andere Wahl gehabt. Sie hätte mir nie verziehen, wenn ich mich anders entschieden hätte. Insoweit war es reiner Selbstschutz, dass ich einwilligte. Was nützt es, sich einer Frau gegenüber durchzusetzen, wenn man den Sieg nicht genießen kann? Wenn Blicke, hundertmal trauriger als die eines Robbenbabys, das von seiner Mutter verlassen wurde, dich ständig daran erinnern, was für ein herzloser Mensch du bist. Welcher Mann hält das schon aus? Jeder, der selbst einmal erfahren hat, wie nachtragend eine Frau sein kann, wird also verstehen, weshalb ich gar nicht anders konnte als Jenny den Gefallen zu tun, erneut auf den mörderisch hohen Turm zu steigen.

Ich habe einmal in einem Film gesehen, wie Menschen, die den Mount Everest bezwingen wollten, sich in achttausend Meter Höhe fühlen. Jeder Schritt schmerzt, das Atmen tut höllisch weh und auch das Denken bereitet die größten Schwierigkeiten. Dieselben Qualen erlebte ich. In der Mitte des Turms war ich so platt, dass ich mir schwor niemals Bergsteiger zu werden. Wie ich den Rest nach oben schaffte, weiß ich nicht mehr. Jedenfalls war ich völlig erschöpft, ausgemergelt wie nach einem vierwöchigen Marsch durch die Sahara, und das mit vierzig Grad Fieber. Mein Körper war nur noch ein Klumpen deformierter Muskeln und das Meer glitzerte rot und grün vor meinen Augen.

»Ich kann nicht mehr!«, jammerte Jenny und schnaufte wie ein Walross.

Wenn sie glaubte, ich würde sie nun bedauern, hatte sie sich getäuscht. Ich hatte genug mit mir zu tun.

Es dauerte eine Weile, bis ich wieder einen einigermaßen klaren Gedanken fassen konnte. Die Ostsee schimmerte nicht mehr ganz so bunt.

»Hier kriegt mich so schnell keiner mehr hoch!«, stöhnte Jenny.

Als wäre es meine Idee gewesen. Frauen!

Für einen Augenblick musste ich überlegen, was wir hier oben überhaupt wollten. Dann fiel es mir wieder ein. Der Kuss! »Bist du so weit?«, fragte ich Jenny.

Sie nickte, als hätte sie keine Kraft zum Sprechen.

Kurz bevor sich unsere Lippen berührten, geriet ich in Panik. Was, wenn nach diesem ungeheuren Energieverlust der Sauerstoff nicht reichte und ich zu ersticken drohte? ...

Nun, erstickt bin ich nicht und auch Jenny hat den Kuss auf dem nördlichsten Leuchtturm Dänemarks überlebt. Sie lächelte mich sogar an. Ein Lächeln ist allemal schöner als ein vorwurfsvoller Blick und so beglückwünschte ich mich insgeheim, dass ich mich auf das neuerliche Abenteuer eingelassen hatte, auch wenn ich beinahe vor Erschöpfung gestorben wäre.

Meine Beine waren wie Wackelpudding, so dass sich der Abstieg als weiterer Kraftakt erwies.

»Sagt mal, wo wart ihr denn?«, empfing uns Papa unten. »Wir haben uns schon Sorgen gemacht!«

Seine Sorgen waren berechtigt, wenn man bedenkt, dass ich wegen eines Kusses beinahe mein Leben gelassen hätte. »Wir wollten unsere Sammlung vervollständigen«, antwortete ich.

»Eure Sammlung?«

»Ja, unsere Sammlung ungewöhnlicher Küsse!«

Hanna schlug vor, dass wir es uns noch ein bisschen am Strand gemütlich machen könnten. Ich war sofort dafür. Mein geschundener Körper brauchte unbedingt Erholung. Der Ohnmacht nahe ließ ich mich in den Sand fallen und rührte mich nicht mehr.

JENNY Am Abend fuhren wir zu Espen, Holgers Freund. Gitte, seine Frau, hatte im Frühjahr ein Kind bekommen, Birte. Ich durfte Birte sogar im Arm halten. Aber dann fing sie furchtbar an zu schreien und wollte gar nicht mehr aufhören. Sie hatte Durst und Gitte musste sie stillen. Wir saßen auf der Terrasse und Espen wendete hin und wieder das Fleisch auf dem Grill. Zum Glück gab es jede Menge Salate. Finn schien es zu schmecken, denn er stopfte das Fleisch regelrecht in sich hinein. Als sich unsere Blicke kreuzten, sah ich ihn vorwurfsvoll an. Doch mein Blick bewirkte nichts. Finn aß munter weiter.

Espen, der gut deutsch sprach, war Meeresbiologe.

Er machte sich große Sorgen um die Ostsee, weil der Sauerstoffgehalt des Meeres immer mehr abnahm.

»Müssen dann nicht alle Fische sterben?«, fragte ich ihn.

»Noch können sie in sauerstoffreichere Gebiete ausweichen«, antwortete Espen und zog an seiner Pfeife. »Aber das Meer ist in großer Gefahr.«

Ich konnte mir das gar nicht so richtig vorstellen. Wie konnte etwas in Gefahr sein, das so riesig war?

Espen erzählte uns, dass das Hauptproblem die vielen Algen seien. Wenn die Algen absterben, sinken sie auf den Grund, wo sie verfaulen. Dadurch würde dem Wasser der Sauerstoff entzogen.

»Woher kommen denn die ganzen Algen?«, wollte ich wissen.

»Eine Ursache ist Gülle«, antwortete Espen. »Die Gülle gelangt von den Feldern ins Meer. Algen mögen Gülle.«

»Warum verhindert man das nicht?«

»Weil es dafür noch keine entsprechenden Gesetze gibt.«

»Ist den Menschen das Meer egal?«, fragte ich.

»Ich hoffe nicht«, antwortete Espen nachdenklich.

Als es zu dämmern anfing, ging ich mit Finn am Strand entlang. Am Himmel leuchteten die ersten Sterne. Ich hielt Ausschau, ob irgendwo am Ufer Algen lagen, konnte aber keine entdecken. Wenigstens hier schien das Meer noch in Ordnung zu sein, was mich ein wenig beruhigte. Danach streifte ich mit Finn durch die Dünen. Wir legten uns gemeinsam in den Sand und starrten in den Sternenhimmel. Finn hatte seinen Kopf auf meinen Bauch gelegt. Ganz in der Nähe rauschte das Meer. Ich war vollkommen glücklich, bekam aber sofort ein schlechtes Gewissen. Wie konnte ich vollkommen glücklich sein, wenn der Ostsee, die keine fünfzig Meter von uns entfernt war, wegen Sauerstoffmangel allmählich die Luft ausging? In diesem Moment wurde mir klar, dass es das vollkommene Glück nicht gibt, es sei denn, man verschließt seine Augen vor den Problemen dieser Welt.

»Weißt du, was ich gern mal machen würde?«, fragte mich Finn auf einmal.

Ich war ganz froh, dass er mich aus meinen trüben Gedanken riss. »Mich küssen!«, kicherte ich.

»Ich würde gern mal in den Dünen übernachten.«

»Das muss schön sein.«

»Dann machst du also mit?«

»Wenn Holger das erlaubt.«

»Klar erlaubt er das!«, meinte Finn.

Doch Holger machte von seinem Vetorecht Gebrauch und so mussten wir nach unserer Rückkehr in unserem Zelt übernachten. Trotzdem gab Finn den Plan nicht auf.

JENNY Als Holger meinte, er wolle uns die Wüste zeigen, dachte ich zuerst, er mache einen Scherz. Die Wüste. In Dänemark. So dumm war ich nun auch wieder nicht, um zu wissen, dass es in Dänemark keine Wüste gibt. Es gab sie aber – nur ein paar Kilometer von unserem Campingplatz entfernt. Überall Sand, wohin wir schauten. Holger hatte uns zur größten Wanderdüne Dänemarks geführt. Vierzig Meter ragt sie in die Höhe – als würde man einen Berg besteigen. Die Düne wandert Richtung Ostsee und begräbt alles unter sich, was sich ihr in den Weg stellt. Sogar eine Kirche ist ihr zum Opfer gefallen. Nur noch der weiße Turm lugt aus dem Sand hervor. Der Anblick war faszinierend und beängstigend zugleich. Beängstigend, weil mir plötzlich bewusst wurde, dass nichts von Ewigkeit ist, wenn die Natur es nicht will.

»Ich hätte nichts dagegen, wenn die Düne bis zu unserer Schule wandert«, sagte Finn.

»Wenn du Glück hast und der Wind günstig steht, ist sie in etwa einhundertfünfzig bis zweihundert Jahren dort«, meinte Holger.

»Das dauert mir entschieden zu lange.«

Wir spazierten auf der Düne entlang und ich dachte wirklich, ich wäre in Afrika. So viel Sand.

»Fehlen nur noch die Kamele«, sagte ich zu Finn.

»Da hinten ist eins!«, rief Finn auf einmal. »Ach, nein, das war bloß ein Hund.«

In diesem Augenblick kam mir eine wunderbare Idee. »Du bist mein Kamel!«, sagte ich.

Finn ergriff sofort die Flucht, aber ich holte ihn ein. Sein Widerstand währte nicht lange. Mit einem gequälten Lachen nahm er mich auf den Rücken und trabte davon. Ich wurde durchgerüttelt, als säße ich auf einem richtigen Kamel. Doch schon nach wenigen Metern legte Finn eine Pause ein.

»Los, weiter, du Kamel!«, trieb ich ihn an.

»Du bist so schwer!«, beklagte er sich. »Hast du Backsteine gefrühstückt?«

»Gleich spürst du meine Peitsche!«

»Hilfe, nein!«, rief Finn und setzte sich wieder in Bewegung.

Das Kamel trabte geduldig durch den Wüstensand. In Afrika hätte es nicht schöner sein können.

»Wie lange noch?«, stöhnte das Kamel.

»Bis zu unserem Hotel.«

»Ich glaube, ich kriege einen Hitzschlag«, ächzte das Kamel und brach unter mir zusammen.

Plötzlich lag ich auf dem Boden. Ich rappelte mich

aber gleich wieder auf und wischte mir den Sand aus dem Gesicht. Sogar in den Mundwinkeln hatte ich Sand. So hatte ich mir das Ende des Ausritts nicht vorgestellt.

Das Kamel rührte sich noch immer nicht. Die Augen hatte es geschlossen.

»Du kannst aufstehen«, sagte ich. »Du brauchst mich nicht mehr tragen.«

Das Kamel blieb regungslos liegen.

Holger und Hanna blieben lachend stehen.

»Vielleicht ist es ja vor Erschöpfung in eine Art Tiefschlaf gefallen«, meinte Hanna.

Da half nur eins: Ich musste das Kamel wachküssen. Ich kniete mich in den Sand und küsste das Kamel auf die Wange. Nichts. Ich küsste es immer wieder. Schließlich gab ich es auf.

»Es wird doch wohl nicht tot sein?«, meinte Holger.

»Das lässt sich leicht herausfinden«, sagte Hanna. »Jenny muss es nur kitzeln. Wenn es sich dann immer noch nicht regt, dann lebt es tatsächlich nicht mehr.«

Ich musste lachen. Kitzeln. Die Idee hätte von mir sein können. Ich wollte gerade damit beginnen, als das Kamel mit einem Mal putzmunter wurde und schreiend davonlief.

»Ein Glück, es lebt!«, lachte Hanna.

Am Nachmittag legte ich mich mit Finn an den Strand. Holger und Hanna zogen es vor, ein Mittagsschläfchen zu halten. Die Sonne schien unerbittlich auf uns nieder. »Reibst du mich ein?«, fragte ich Finn und hielt ihm die Tube mit der Sonnencreme hin.

Finn verzog das Gesicht. »Davon kleben die Hände so.«

»Dann ist es dir also egal, wenn ich einen Sonnenbrand kriege.«

»Du kannst dich ja in den Schatten legen.«

»Wenn es wenigstens Schatten gäbe«, sagte ich und schaute mich suchend um. Ein Junge sah direkt zu mir her. Er war etwa in unserem Alter. Als sich unsere Blicke trafen, guckte er schnell weg. »Dann frage ich eben den Jungen da, ob er mich einreibt. Wäre dir das angenehmer?«

Finn lachte.

»Du glaubst wohl, ich traue mich nicht«, sagte ich. Es war ein gewagtes Spiel. Natürlich hatte ich nicht wirklich vor den Jungen zu fragen. Wie käme ich dazu?

Finn drehte sich lachend auf den Bauch.

Es ärgerte mich, dass er sich derart sicher fühlte. »Wie du willst!«, sagte ich und erhob mich. Vielleicht überlegte er es sich ja, wenn ich so tat, als wäre es mir ernst.

Die Drohung zeigte keinerlei Wirkung. »Reibst du mich nun ein oder nicht?«, startete ich einen letzten Versuch.

»Wolltest du nicht den Jungen darum bitten?«, lachte Finn.

Dieses selbstgefällige Lachen ärgerte mich am meisten. Ich konnte unmöglich einen Rückzieher machen, wollte ich mich nicht für alle Zeiten unglaubwürdig machen. Ich musste das Spiel weiterspielen, ob es mir passte oder nicht. »Aber behaupte hinterher nicht, ich hätte dich nicht gewarnt!« Ohne mir auch nur im Entferntesten darüber im Klaren zu sein, wie es nun weitergehen sollte, stapfte ich los. Genau auf den Jungen zu.

Der Junge sah mich mit großen Augen an. Jetzt erst bemerkte ich, dass er Glupschaugen hatte.

O Gott, Jenny, was machst du? Bist du von allen guten Geistern verlassen?

Notfalls würde ich ihn nach der Uhrzeit fragen, gleichgültig, ob er mich verstand oder nicht. Oder ich stieg einfach über ihn hinweg und marschierte weiter, immer den Strand entlang, bis Finn mich nicht mehr sah. Nur noch wenige Schritte und ich hatte das Glupschauge erreicht. Ich lächelte ihn an, wenn man die verkrampften Züge in meinem Gesicht überhaupt als Lächeln bezeichnen konnte. Hätte ich nur nicht mit diesem albernen Spiel angefangen. Die Glupschaugen des Jungen wurden immer glupschiger.

Lieber Gott, tu etwas! Lass nicht zu, dass ich mich derart blamiere!

In diesem Augenblick stellte sich mir Finn in den Weg. »Okay, okay!«, sagte er. »Ich reibe dich ein!«

Ich war so erleichtert, dass es mir nicht einmal gelang, ein Siegerlächeln aufzusetzen. »Dass du es auch immer so kompliziert machen musst!«, pflaumte ich ihn an.

»Ich und kompliziert? Das musst ausgerechnet du sagen!«

Ich legte mich auf mein Badehandtuch und Finn begann damit, mir den Rücken einzureiben. Große

Lust schien er nicht zu haben. »Nicht so grob!«, musste ich ihn ermahnen. »Ich habe doch keine Elefantenhaut!«

»So vielleicht?«, meinte er daraufhin und wurde mit einem Mal viel zärtlicher.

»Genau so«, schnurrte ich und schloss die Augen.

Mach weiter, Finn! Mach immer so weiter!

Fast wäre ich vor Glückseligkeit eingeschlummert, als Finn meinte, dass er fertig wäre. Wie schade.

Finn wischte sich die Finger an seinem Handtuch ab, dabei machte er ein Gesicht, als hätte er einen toten Hering angefasst.

Ich musste kichern. Der Arme. Er hatte es wirklich nicht leicht mit mir. Ich nahm die Sonnencreme. »Leg dich hin, dann kann ich dich besser einreiben«, sagte ich.

Finn gehorchte nur widerstrebend. Ich verteilte etwas von der Creme auf seinem Rücken. Behutsam ging ich zu Werke.

»Ist es schön so?«, erkundigte ich mich.

»Hm!«, kam es zurück.

FINN So ließ sich das Leben aushalten. Jenny hatte sagenhaft geschickte Finger. Der Flügelschlag eines Schmetterlings hätte nicht sanfter sein können. Von mir aus konnte sie das von morgens bis abends tun. Am besten, ich stellte sie als meine Sonnencremeobereinreiberin ein.

»Wenn du willst, kannst du meine Brust auch noch einreiben«, sagte ich, nachdem sie mit dem Rücken fertig war.

Sie wollte. Fein.

»Und jetzt noch meine Beine«, sagte ich, als auch dies erledigt war.

»Kann es sein, dass du nur zu faul bist dich selbst einzureiben?«

Mit ihrer Vermutung lag sie gar nicht mal so verkehrt. Aber da war auch dieses wahnsinnig wohltuende Kribbeln unter der Haut. »Ich finde, du machst das großartig«, säuselte ich.

Das wirkte. Ohne zu murren nahm sich Jenny meine Beine vor. Bald war sie auch damit fertig. Viel zu früh, wie ich fand. Mir fiel noch jede Menge ein, was sie für mich hätte tun können. »Wo du gerade dabei bist«, sagte ich, »könntest du mich vielleicht noch ein bisschen massieren?«

»Finn Meyer!«, entgegnete Jenny daraufhin, »du hältst mich wohl für komplett bescheuert! Meinst du, ich merke nicht, dass du mich ausnutzt!«

»Ich denke nur an unser gemeinsames Wohl«, sagte ich und guckte sie mit treuherzigen Augen an. Selbst einen tollwütigen Wolf hätte dieser Blick besänftigt.

»An unser gemeinsames Wohl?«, wiederholte Jenny in einem Ton, der mit Friedfertigkeit so wenig zu tun hatte wie der liebliche Klang einer Harfe mit Techno.

»Natürlich!«, bestätigte ich. »Wenn es mir gut geht, geht es auch dir gut. Ich bin dann viel entspannter, besser gelaunt, großzügiger, netter ... Was kann dir Besseres passieren, als von einem rundum zufriedenen Mann umgeben zu sein? So etwas färbt auch auf den Partner ab.«

»Und wieso merke ich dann nichts davon?«, fragte Jenny, die auf einmal mit dem reizenden Mädchen, mit dem ich erst kürzlich den Bund der Ehe eingegangen war, nur noch wenig gemein hatte.

Jetzt hieß es auf der Hut sein. »Möglicherweise weil ich erst hundertprozentig zufrieden bin, wenn du mich massiert hast?«, antwortete ich mit einer Verunsicherung, die nicht nur gespielt war.

»Wie der Herr wünscht!«

Der Missklang in ihrer Stimme hätte mir eigentlich eine Warnung sein sollen, stattdessen drehte ich mich erwartungsvoll auf den Bauch.

Jenny begann mich zu massieren, als hätte sie nie etwas anderes getan.

»Ist es dem Herrn so recht?«, erkundigte sie sich.

Kein Zweifel: Diese Frau war ein Naturtalent. »Wunderbar«, antwortete ich.

»Oder soll's vielleicht ein bisschen fester sein?«

»Mhh, von mir aus«, brummte ich ohne weiter darüber nachzudenken.

Kaum hatte ich den Satz zu Ende gesprochen, spürte ich einen fürchterlichen Schmerz im Rücken. »Autsch!«, rief ich.

»Du wolltest es doch ein bisschen fester«, meinte Jenny spöttisch.

»Ja, aber ich habe nichts von Folter gesagt!«, beschwerte ich mich.

»Willst du mal spüren, was Folter ist?«, fragte Jenny,

und ohne meine Antwort abzuwarten packte sie zu wie ein Fleischer.

»Au!«, rief ich unter Höllenqualen und sprang auf. Dieses gemeine Biest!

Jenny rannte lachend weg – direkt ins Meer. Ich machte mich sofort an die Verfolgung. Das Wasser wirkte wie eine Bremse und spritzte hoch. Ich machte einen Hechtsprung, bekam Jenny aber nicht zu fassen und geriet mit dem Kopf unter Wasser. Ich schluckte mindestens einen Liter ekelige, salzige Ostsee. Es war ein gewaltiger Schock. Voller Panik tauchte ich auf. Salzwasser zu schlucken war nun wirklich das Letzte, was auf meiner Flitterwochen-Wunschliste stand. Sogar in meine Nase war das Wasser gedrungen. Igitt! Ich schüttelte angewidert den Kopf und spuckte vor mich hin.

Jenny stand bis zur Hüfte im Wasser und lachte.

Na schön, sagte ich mir, sie hat es selbst so gewollt. Im Nu hatte ich sie erreicht.

Sie ahnte sofort, was ich vorhatte. »Ich warne dich!«, sagte sie. »Wenn du mich untertauchst, rede ich kein Wort mehr mit dir!«

»Wie lange?«

»Mindestens ein Jahr!«

Ich überlegte kurz. »Das halte ich aus!«

»Ich fahre noch heute nach Hause!«

Ich grinste. »Wie denn?«

»Ich rufe um Hilfe!«

»Unter Wasser?«

»Dann lasse ich mich scheiden!« Sie guckte mich an wie jemand, der zu stolz ist um Gnade zu bitten, gleichzeitig war da dieses Lächeln um ihren Mund. Das Lächeln einer Verzweifelten. In diesem Augenblick war ich nur von einem Wunsch beseelt: die Nacht mit ihr in den Dünen zu verbringen. Auch ohne den Segen von Holger.

Ich fasste Jenny bei der Hand, gemeinsam wateten wir an den Strand. Während wir uns in der Sonne räkelten, sprachen wir über meinen Plan. Jenny war voll und ganz einverstanden. In der Nacht, wenn Holger und Hanna schliefen, würden wir uns mit unseren Schlafsäcken in die Dünen schleichen, und bevor Papa wach wäre, würden wir längst wieder in unserem Zelt sein. Keiner würde etwas merken. Wenn das kein genialer Einfall war.

JENNY Am Abend spielten wir mit den Erwachsenen Canasta. Silke hatte es mir einmal beigebracht. Holger und Hanna tranken Wein dazu. Finn schenkte den beiden immer wieder ein. Die Blicke, die er mir dabei zuwarf, waren fast schon zu auffällig. Als hätte ich nicht längst durchschaut, was er mit seiner übertriebenen Zuvorkommenheit bezweckte. Holger musste ihn regelrecht bremsen und auch Hanna deckte des Öfteren ihr Glas mit der Hand ab. Schließlich war die Flasche leer. Finn brachte sie in das Zelt und kehrte mit einer neuen Flasche Wein zurück, die er bereits geöffnet hatte.

»Sag mal, kann es sein, dass du uns betrunken machen willst?«, argwöhnte Holger.

Das hatte Finn nun davon. Die Nacht in den Dünen konnten wir wohl vergessen.

Doch Finn blieb die Ruhe selbst. »Ich bin nur aufmerksam, das ist alles«, entgegnete er und schenkte Holger erneut ein, obwohl noch etwas Wein im Glas war.

Seine Nerven hätte ich gern gehabt.

»Für mich nicht mehr«, sagte Hanna. »Ich glaube, ich bin schon leicht beschwipst.« Sie kicherte.

Finn blickte mich kurz von der Seite an. Ich konnte sehen, wie es in seinen Augen schimmerte. Sollte sein Plan wirklich aufgehen?

Es dämmerte bereits. Hanna zündete zwei Kerzen an, die gleichzeitig die lästigen Mücken vertreiben sollten. Es half jedoch kaum und so rieben wir uns bis auf Holger mit einem Antimückenöl ein.

Finn achtete streng darauf, dass Holger immer etwas in seinem Glas hatte. Einmal, als Holger zum Klo musste, schien er ein wenig zu schwanken. Finn grinste mich unverhohlen an. Doch Holger schien nicht müde zu werden. Finn schon. Er war ununterbrochen am Gähnen, dass ich Angst hatte, er könnte auf der Stelle einschlafen.

Und er wollte mit mir in den Dünen übernachten.

»So schlaff kenne ich dich ja gar nicht«, meinte Holger.

»Muss wohl an der Seeluft liegen«, sagte Finn und gähnte erneut.

Es sah ganz so aus, als müssten wir unseren Plan verschieben.

Hanna teilte noch einmal Karten aus. Holger gewann das Spiel und stand damit als Gesamtsieger fest.

»O Mann, bin ich müde!«, gähnte Finn und streckte seine Arme in die Höhe.

»Wird Zeit, dass du dich in deinen Schlafsack verkrümelst«, meinte Holger, »sonst muss Jenny dich womöglich noch tragen.« Jetzt war auch er am Gähnen.

»Und wer trägt mich?«, kicherte Hanna auf ihrem Stuhl.

»Papa jedenfalls nicht«, sagte Finn, »der ist viel zu schwach.« Er machte tatsächlich Anstalten, Hanna auf seine Arme zu heben, doch seine Bemühungen misslangen. Beinahe wären die beiden mit dem Stuhl nach hinten gekippt. Hanna erschreckte sich so, dass sie kurz aufschrie.

»Du bist vielleicht ein Held«, sagte Holger und dann zeigte er, dass er gar nicht so schwach war, wie Finn behauptet hatte. Als wäre Hanna leicht wie eine Puppe, trug er sie zu ihrem Zelt. Nur hineinkrabbeln musste sie alleine.

»Gute Nacht, Kinder!«, rief Hanna und kicherte.

Finn und ich gingen zu unserem Zelt.

»Schlaf bloß nicht ein«, flüsterte Finn, während wir in die Schlafsäcke stiegen, »sonst kriege ich dich nicht wach, wenn wir zu den Dünen wollen!«

»Wieso ich? Du hast doch vor lauter Müdigkeit die ganze Zeit gegähnt.«

»Mann, ich habe doch nur so getan«, flüsterte Finn. »Gehört alles zum Plan.«

Plötzlich steckte Holger seinen Kopf in unser Zelt. »Alles in Ordnung?«, erkundigte er sich.

»Bei uns schon«, meinte Finn.

»Fein«, entgegnete Holger, wobei er den Daumen nach oben streckte. Danach zog er den Reißverschluss zu, um ihn gleich wieder zu öffnen. »Schlaft gut!«, meinte er noch, bevor er gänzlich verschwand.

»Das hätten wir geschafft«, flüsterte Finn. »Jetzt müssen wir nur noch warten, bis sie eingeschlafen sind.«

Wir lagen da und lauschten angestrengt. Ich kämpfte tapfer gegen die Müdigkeit an, doch die Dunkelheit legte sich wie eine bleierne Decke auf meine Augenlider.

»Bist du wach?«, vernahm ich auf einmal die Stimme von Finn.

Ich zuckte zusammen und riss die Augen auf, als Finn mich mit seiner Taschenlampe blendete. Ein Schmerz bohrte sich durch meine Augen.

»Wollen wir los?«, flüsterte ich.

»Gleich«, antwortete Finn und löschte die Taschenlampe.

Gleich! Gleich würden wir hinausgehen in die Dunkelheit. Das Herz schlug mir bis zum Hals.

»Pst!«, flüsterte Finn auf einmal. »Hörst du das auch?«

»Was?«

»Dieses klopfende Geräusch.«

Ich erschrak. Er konnte doch unmöglich …

»Jetzt ist es ganz nah.«

Ich schämte mich in Grund und Boden.

»Hörst du das denn nicht?«

Es half nichts. Ich musste es ihm sagen, er hätte es so oder so herausgefunden. »Mein Herz klopft so laut!«, kicherte ich und wäre am liebsten aus dem Zelt geflüchtet.

»Stark! Kann ich mal mein Ohr anlegen?«

»Aber pass auf, dass dein Trommelfell nicht platzt.«

FINN Ich hatte bloß einen Scherz gemacht. Natürlich hätte ich ihr Herz auf so große Entfernung niemals hören können. Da hätte Jenny schon ein medizinisches Wunder sein müssen. Ich legte mein Ohr auf ihre Brust und lauschte.

Bubum, bubum!, machte es. *Bubum, bubum!* O Mann, was für ein irrer Sound. Dagegen waren die CDs von ihrem Richie die reinste Amateurmusik. Ich hätte bis zu meinem Rentenalter so verharren können, wenn Jenny mich nicht an unsere heimliche Aktion erinnert hätte.

Wir rollten unsere Schlafsäcke zusammen. Das größte Hindernis aber kam noch: der Reißverschluss vom Zelt. Wenn man zu schnell oder zu doll daran zog, konnte man uns bei der nächtlichen Stille bis Skagen hören. Wir mussten also äußerst vorsichtig sein. Millimeter für Millimeter öffnete ich den Reißverschluss.

»Das reicht«, flüsterte Jenny, als das Zelt halb offen war.

Wie die Schlangen krochen wir ins Freie.

Mit den Schlafsäcken unter dem Arm marschierten wir Richtung Dünen. Nirgends brannte mehr Licht. Alles schlief. Fast alles. Ein paar Stimmen drangen durch die laue Sommernacht und hin und wieder lachte jemand.

Die Taschenlampe, die ich mitgenommen hatte, brauchten wir nicht. Wir hatten aufgehenden Mond und sahen genug.

Jenny wollte, dass wir in der Nähe des Campingplatzes schliefen. Ich hatte kein Problem damit. Wir suchten uns ein geschütztes Plätzchen, rollten die Schlafsäcke aus und schlüpften hinein. Nicht weit von uns rauschte das Meer. Der Himmel über Dänemark war sternenklar.

»Wenn du eine Sternschnuppe siehst, musst du dir etwas wünschen«, sagte Jenny und rückte mit ihrem Schlafsack ganz dicht an mich.

Ich starrte unentwegt in die glitzernde Pracht. Einmal auf einem dieser Sterne sein. Ob es dort oben tatsächlich außerirdische Wesen gab?

»Hier ist es viel schöner als im Zelt«, schnurrte Jenny und rückte noch dichter heran.

»Hm!«, bestätigte ich.

»Guck mal den Stern da«, sagte Jenny auf einmal und deutete in den Himmel. »Der leuchtet viel mehr als die anderen.«

Sie hatte Recht. Als würde jemand mit einem riesigen Spiegel die Sonne reflektieren, so blinkte es.

»Was ist das für ein Stern?«, wollte Jenny wissen.

»Keine Ahnung, vielleicht hast du ja gerade einen neuen Stern entdeckt.«

»Meinst du wirklich?«

»Klar!«, sagte ich. »Und weil du ihn zuerst entdeckt hast, darfst du ihn auch auf deinen Namen taufen. Das machen alle Entdecker so. Von nun an heißt dieser Stern Jenny.«

»Willkommen, Jenny«, flüsterte selbige und kuschelte sich an mich.

Ich starrte immer wieder auf diesen sonderbaren Stern. Etwas stimmte nicht mit ihm. Stand er vor ein paar Minuten nicht weiter dort? Plötzlich ging mir ein Licht auf. Ich Dummkopf!

»Das ist gar kein Stern!«, sagte ich zu Jenny. »Das ist ein Satellit!«

Doch Jenny sagte keinen Ton.

»Jenny?«

Jenny schlummerte friedlich vor sich hin. Vielleicht war es gut so. Besser, sie träumte von ihrem Stern, auch wenn es in Wirklichkeit keiner war, als dass sie mit einer herben Enttäuschung wach lag. Ich schlang meinen Arm um sie und schloss die Augen.

Ich weiß nicht, wie lange ich geschlafen hatte, als ich auf einmal aufwachte. Es war früh am Morgen und schon hell, der Himmel voller Wolken. Ich hob den Kopf und blinzelte in die Gegend. Dann begriff ich, wo ich war. Neben mir lag Jenny, den Rücken mir zugewandt. Etwas hatte mich geweckt. Ein Alptraum, an den ich mich nicht erinnern konnte? Das Kreischen der Möwen? Ich schälte mich aus dem Schlafsack, und als hätte es mir eine innere Stimme befohlen, stapfte ich zum nahen Strand.

Der Strand war menschenleer. Nur ein paar lärmende Möwen drehten über dem Wasser ihre Runden. Einige landeten auf einem riesigen grauen Stein. Ich hätte schwören können, dass er am Abend zuvor noch nicht dort war. Eigenartig. Ich ging näher hin. Da! Der Stein regte sich! Ich glaubte meinen Augen nicht zu trauen. Da, schon wieder! Mein Puls beschleunigte im Nu bis an die Grenze der Verträglichkeit. Dann erkannte ich, was es war. Ich war wie elektrisiert.

»Ein Wal!«, stammelte ich.

FINN. Ein Wal! Ich riss den Mund auf, dass ein Frachter bequem darin hätte wenden können. Ein leibhaftiger Wal. Vielleicht zwanzig, dreißig Meter von mir entfernt. Er lag im Wasser wie ein Schiff, das ankert. Ich konnte sogar sein Auge sehen. Es war unglaublich, phänomenal. So phänomenal, dass der Verstand eines einzigen Menschen nicht ausreichte das Unfassbare zu begreifen. Jenny! Ich musste sie unbedingt wecken. Ich rannte, als wäre ein Werwolf hinter mir her.

»Ein Wal!«, rief ich und rüttelte sie wach.

Schlaftrunken öffnete sie die Augen.

»Ein Wal! Ein richtiger Wal!«

»Mmmhh?«

»Beeil dich, sonst ist er weg!«

»Ich will noch schlafen«, murmelte sie und machte die Augen wieder zu. Typisch Jenny.

Ich fasste sie an der Schulter und rüttelte sie erneut. »Verstehst du denn nicht! Da draußen ist ein Wal!«

Jenny blinzelte mich an. »Ein was?«

»Ein Wal! Ein Riesenwal! O Mann, so etwas hast du noch nicht gesehen!«

Endlich hatte sie kapiert.

»Schnell!«, drängte ich sie. Ich hatte Panik, der Wal könnte auf das Meer hinausgeschwommen sein, bevor sie ihn gesehen hatte. Ich blickte zum Strand. Sogar von hier aus war er zu erkennen. »Da ist er!«, sagte ich und deutete in seine Richtung.

Jennys Augen wurden groß wie ein Big Mac, als sie den Koloss erspähte. »Ein Wal!«, murmelte sie voller Ehrfurcht.

Gemeinsam rannten wir zum Strand.

JENNY Es war ein unbeschreiblicher Anblick. Ein Wal nur ein Steinwurf von uns entfernt. Als wäre er gekommen, nur um Finn und mich zu begrüßen. »Hallo, Wal!«, rief ich und winkte ihm zaghaft zu.

Finn und ich wateten bis zu den Knien in das Wasser, weiter trauten wir uns nicht.

Im Gegensatz zu seinem gewaltigen Kopf waren die Augen des Wals geradezu winzig. Trotzdem konnte ich erkennen, wie er uns anstarrte. Mir wurde ein wenig unheimlich.

»Was das wohl für ein Wal ist?«, überlegte ich.

»Ein Killerwal ist es nicht«, meinte Finn. »Ein Killerwal ist schwarz und hat weiße Flecken. Das könnte ein Grauwal sein. Grauwale werden riesengroß.«

»Was macht ein Wal so dicht am Ufer?«

Finn zuckte mit den Schultern. »Vielleicht hat er sich verirrt. Neulich habe ich mit Silke einen Bericht über drei gestrandete …« Finn schlug sich plötzlich an die Stirn. »O Mann, jetzt kapiere ich! Der Wal ist gestrandet. Verstehst du?«

Ich verstand gar nichts.

Finn war ganz aufgeregt. »Er liegt fest! Wie die drei Wale im Film. Sie konnten nicht zurück ins Meer und sind deshalb gestorben! Wir müssen ihm helfen!«

Jetzt wurde auch ich von Panik ergriffen. Der Wal durfte nicht sterben. Niemals! Hilfe suchend blickten wir uns um. Doch nirgends war ein Mensch, an den wir uns hätten wenden können.

»Wir müssen Papa holen!«, sagte Finn.

Wir rannten so schnell wir konnten zum Campingplatz. Ich kann mich nicht erinnern jemals so gerannt zu sein. Ich war ganz außer Puste und mir war schlecht, dass ich mich beinahe übergeben hätte.

»Papa, Papa!«, rief Finn, riss den Reißverschluss des Zeltes auf und krabbelte hinein. »Papa, wach auf! Wir müssen den Wal retten!«

Holger brauchte eine Weile, bis er einigermaßen ansprechbar war.

»Der Wal!«, sagte Finn und verschluckte sich fast vor lauter Aufregung. »Wir müssen ihn retten!«

»Was für ein Wal?«, fragte Holger.

Jetzt wachte auch Hanna auf. »Wie spät ist es eigentlich?«, murmelte sie.

Ohne auch nur einmal Luft zu holen klärte Finn die beiden über die unglaubliche Entdeckung auf.

»Bist du sicher, dass du nicht geträumt hast?«, meinte Holger.

»Frag Jenny!«, entgegnete Finn voller Ungeduld.

»Es ist wahr!«, bestätigte ich.

Holger sah mich lange an, dann schien er sich der Bedeutung unserer Worte bewusst zu sein und es kam Bewegung in ihn.

Zu viert liefen wir an den Strand. Der Wal lag ganz ruhig im Wasser. Nur die Möwen durchbrachen mit ihrem Gekreische die morgendliche Stille. Man hätte meinen können, sie wären wegen des seltenen Besuches so aufgedreht.

Die Wellen rollten sanft ans Ufer – als wäre nichts geschehen.

Holger stand da und schüttelte unentwegt den Kopf. Und auch Hanna blieb vor lauter Staunen stumm.

»Meinst du, wir können ihn retten?«, erkundigte sich Finn bei Holger.

»Wir sowieso nicht«, antwortete Holger. »Wenn, dann müssen Fachleute ran. Am besten, wir informieren die Polizei. Die wird alles Weitere in die Wege leiten.«

Mir fiel Holgers Freund ein, Epsen oder wie er hieß. »Wäre es nicht sinnvoller, Epsen anzurufen? Er ist doch Meeresbiologe.«

»Espen! Ja, klar!«, sagte Holger und legte mir anerkennend die Hand auf die Schulter. »Das ist die Idee!« Er eilte zum Zelt, wo sein Handy war.

Ich blieb mit Finn und Hanna zurück. Außer uns war noch immer kein Mensch am Strand.

»Da, er hat sich wieder bewegt!«, rief Finn auf einmal.

Tatsächlich. Der Wal bewegte ganz langsam seinen Kopf. Vielleicht wollte er uns etwas mitteilen – dass er bald keine Kraft mehr hat und wir uns deshalb mit der Hilfe beeilen sollten. Ich wurde ganz traurig aus Sorge, er könnte sterben wie die Wale in dem Film, von denen Finn erzählt hatte.

Die Möwen schwebten kreischend über dem Wal. Einige waren so frech und benutzten seinen Rücken als Landeplatz. Ab und zu pickten sie ihm in die Haut, was mich zutiefst empörte. Hanna beruhigte mich. Sie meinte, dass der Wal das gar nicht merken würde. Seine Haut wäre viel zu dick. Trotzdem, hätte es eine Möglichkeit gegeben, die blöden Möwen zu verscheuchen, hätte ich mich mit großer Begeisterung beteiligt.

Voller Ungeduld warteten wir auf Holger. Endlich kam er. »Espen ist mit einem Boot des dänischen Rettungswesens unterwegs«, teilte er uns mit. »Das kann noch ein Weilchen dauern.«

»Dänisches Rettungswesen?«, wiederholte Finn. »Was ist das denn?«

»Wir würden Küstenwache dazu sagen«, antwortete Holger.

Ich war froh, dass bald Hilfe nahte. Wir blieben am Strand und warteten auf die Ankunft des Bootes.

»Sagt mal, wie konntet ihr den Wal überhaupt entdecken?«, wollte Holger auf einmal wissen. »Vom Campingplatz aus ist es jedenfalls unmöglich. Und wieso seid ihr so früh auf den Beinen?«

Finn und ich guckten uns an. Jetzt würde es bestimmt Ärger geben. Als wäre die Situation nicht schon schwierig genug.

»Wir haben in den Dünen übernachtet«, gestand Finn kleinlaut und blickte verschämt zu Boden.

»Trotz meines Verbotes?«

Finn starrte auf seine Füße – als würde er dort eine vernünftige Erklärung finden, damit Holger nicht mit uns schimpfte.

Ich bekam ein schlechtes Gewissen, dessen Ausmaß dem des Wales durchaus ähnlich war.

»Das war sicher deine Idee«, sagte Holger zu Finn.

In seiner Hilflosigkeit richtete Finn seinen Blick auf den Wal.

»Na schön«, sagte Holger, »darüber reden wir später! Wenn euer Freund in Sicherheit ist.«

Da unsere Schlafsäcke noch immer in den Dünen lagen, bestand Holger darauf, dass wir sie zum Zelt zurückbrachten. Zuerst wollten wir protestieren – wir wollten auf keinen Fall etwas versäumen –, doch ein Blick von Holger genügte und wir gehorchten. Die Sache hätte schlimmer ausgehen können, auch wenn das letzte Wort noch nicht gesprochen war.

Eiligst kehrten wir an den Strand zurück. Mit jeder Minute, die verstrich, wuchs meine Ungeduld. Wie lange brauchten Espen und die Küstenwache noch?

Finn entdeckte sie zuerst. Ich sprang vor lauter Freude in die Luft. Juhu, die Rettung nahte!

Doch statt dem Wal sofort zu Hilfe zu eilen verweilte das Boot der Küstenwache draußen auf dem

Meer. Nichts geschah. Holger meinte, dass die Verantwortlichen an Deck erst einmal in Ruhe die Lage einschätzen müssten, bevor sie etwas unternehmen könnten.

Plötzlich hörten wir hinter uns einen Pfiff. Ein Hund rannte zurück zu einem Mann. Sie mussten beide vom Campingplatz gekommen sein. Der Mann bückte sich nach einem Stück Holz und warf es fort. Sofort flitzte der Hund hinterher. Der Mann sah ihm kurz nach, schaute dann zum Meer und erstarrte in seiner Bewegung. Keine Frage, er hatte unseren Wal entdeckt. Wie gebannt glotzte er ihn an. Er bemerkte nicht einmal seinen Hund, der brav den Stock zurückgebracht hatte und darauf wartete, dass ihn sein Herrchen endlich lobte. Dann machte der Mann plötzlich einige Schritte rückwärts – als würde er vor einem Ungeheuer zurückweichen, das ihm bedrohlich nahe kommt. Und mit einem Mal rannte er Richtung Campingplatz, gefolgt von seinem Hund, der den Stock noch immer in seinem Maul hielt und für den das merkwürdige Verhalten seines Herrchens wohl zum Spiel gehörte.

Draußen auf dem Meer tat sich noch immer nichts. Das Boot trieb nach wie vor auf demselben Fleck. Dafür tat sich an Land umso mehr. Dutzende von Campern strömten an den Strand. Es wurden von Minute zu Minute mehr. Der Mann mit dem Hund hatte bestimmt Alarm geschlagen. Dicht gedrängt standen die Menschen am Ufer und bestaunten den Wal.

Zwei junge Männer stiegen in ein Gummiboot und

paddelten los. Sie legten ein ziemlich hohes Tempo hin.

Die Männer nahmen Kurs auf den Wal. Für sie schien sein Unglück nur ein großer Spaß zu sein. Ich hasste sie dafür.

Von den Männern im Gummiboot angestachelt stürzten sich gleich mehrere junge Leute in die See und begannen hinter dem Boot herzuschwimmen.

Nur noch ein paar Meter und das Gummiboot hatte den Wal erreicht, als plötzlich eine Stimme vom Meer ertönte. Jemand von der Küstenwache sprach durch ein Megafon. Weil er dänisch sprach, konnte ich nicht verstehen, was er sagte. Die Männer in dem kleinen Boot hielten mit dem Paddeln inne und schauten hinüber zur Küstenwache. Die Stimme erklang erneut. Endlich drehte das Gummiboot ab und auch die Männer im Wasser kehrten um.

Holger, der Dänisch konnte, erklärte uns, dass die Küstenwache die Männer davor gewarnt hätte, dem Wal zu nahe zu kommen. Sie würden durch ihre Leichtsinnigkeit ihr Leben gefährden.

Während sich die Gescholtenen dem Ufer näherten, wurde vom Schiff der Küstenwache ein Schlauchboot ins Wasser gelassen. Endlich tat sich etwas. Das Boot, in dem drei Männer in roten Schutzanzügen Platz genommen hatten, steuerte direkt auf den Wal zu. Ich war gespannt, wie sie ihm helfen würden. Lange konnte es jedenfalls nicht mehr dauern.

FINN Nachdem die Männer den Wal einige Zeit beobachtet hatten, näherte sich das Boot dem Strand. Jetzt erkannte ich Espen. Wenige Meter vom Ufer entfernt sprang einer der Männer ins Wasser. Er zog das Boot hinter sich her und befestigte es an einem Steinbrocken, von denen es hier an der Küste ganz viele gab. Espen watete an Land. Ich rannte sofort zu ihm hin.

»Ich habe den Wal entdeckt!«, sagte ich voller Stolz.

»Das hast du gut gemacht«, sagte Espen.

»Dürfte wohl keine leichte Sache werden, dem Wal zu helfen«, meinte Papa. »Habt ihr schon eine Idee?«

Espen fuhr sich mit der Hand durch das Gesicht. »Das größte Problem ist, dass der Wal mit dem Kopf zur Küste liegt.«

»Was ist das überhaupt für ein Wal?«, wollte Hanna wissen.

»Ein Pottwal«, antwortete Espen. »Wir schätzen, dass er achtzehn Meter lang ist!«

»Boaah!«, rief ich. Achtzehn Meter! So lang wie ... wie ... ach, was weiß ich. Wie ein Baum eben hoch ist.

»Der muss ja ein wahnsinniges Gewicht haben«, mutmaßte Papa.

Hatte er auch. Espen meinte, dass so ein Pottwal bis zu sechzig Tonnen wiegen kann. Sechzig Tonnen! Das muss man sich mal vorstellen. Da ist selbst der Fuß von Superman platt, falls er mal unter solch einen Koloss geraten sollte. Mit einem Mal musste ich an die Wale in dem Film denken.

»Er wird sterben, nicht wahr?«, fragte ich Espen zwischen Hoffen und Bangen.

Espen ging vor mir in die Hocke, blickte mir tief in die Augen und sagte: »Wir werden alles versuchen, um ihn zu retten! Das verspreche ich dir.« Und dann wusste er zu berichten, dass der Wal mindestens drei, vier Meter Wasser unter sich hatte. Ein Glück! So war die Lage nicht völlig aussichtslos. Hätte der Wal auf Sand gelegen, wären seine Chancen gleich null gewesen. Er wäre von seinem eigenen Gewicht erdrückt worden und jämmerlich erstickt. Wir hätten nur zugucken können, wie er stirbt. Noch aber war für seine Rettung keine Lösung in Sicht.

»Kann man den Wal nicht hinausziehen, bis er weit genug auf dem Meer ist?«, fragte da Jenny.

Ich fand die Idee großartig. »Ja, genau!«, unterstützte ich sie. »Wir brauchen doch nur ein Seil um seine Schwanzflosse zu wickeln und dann zieht ihn das Schlauchboot hinaus!«

»Ein Schlauchboot würde das niemals bewältigen«, nahm uns Espen jegliche Hoffnung. »Außerdem wäre die Gefahr viel zu groß, dass uns der Wal mit seiner kräftigen Flosse durch die Luft wirbelt.«

Aber so schnell gibt ein Finn Meyer nicht auf. Jennys Vorschlag musste doch auf irgendeine Weise durchzuführen sein. Wenn das Schlauchboot zu schwach dafür war, dann musste eben ein stärkeres Boot her. Ja, genau! Das war die Lösung! »Das Boot der Küstenwache!«, rief ich. »Das hat bestimmt genug Kraft, um den Wal aufs Meer hinauszuziehen!«

Espen schüttelte den Kopf. »Wir könnten ihm dabei die Wirbelsäule brechen. Der Wal würde qualvoll sterben.«

Man merkte ihm an, dass es ihm keinen sonderlichen Spaß machte, uns neuerlich zu enttäuschen.

»Und jetzt?«, fragte Jenny.

»Zuerst sollten wir den Strand absperren«, antwortete Espen. »Damit nicht noch mehr Verrückte auf die Idee kommen, sich dem Wal zu nähern.«

Einer der Männer, der mit Espen in dem Schlauchboot gesessen hatte, nahm ein zusammengerolltes Kunststoffband aus dem Boot und wickelte das eine Ende um einen der Steinbrocken. Espen bat die Schaulustigen ein paar Meter zurückzuweichen. Da keine Pfosten vorhanden waren, an denen man den Streifen hätte befestigen können, sprangen wir dafür ein, Papa, Hanna, Jenny und ich und noch ein paar Freiwillige. Gemeinsam hielten wir das Band in unseren Händen. Die Absperrung war perfekt. Niemand würde mehr zum Wal schwimmen können, es sei denn, er machte einen Umweg über Schweden. Ich war froh, froh und stolz, dass wir dem Wal auf diese Weise helfen konnten. Jenny und ich sahen einander an. Ihr Blick verriet, dass es ihr genauso ging. Gemeinsam würden wir es schaffen. Wir mussten es schaffen. Das waren wir dem König der Meere schlichtweg schuldig.

Plötzlich bewegte der Wal seine Schwanzflosse. Ein Raunen ging durch die Menge. Da schoss die riesige Flosse in die Höhe und schlug mit voller Wucht auf das Wasser. Die Ostsee spritzte nach allen Seiten. Einige der Leute schrien laut auf. Ich war zutiefst beeindruckt. Welch unbändige Kraft allein in seiner Flosse steckte. Das angebundene Schlauchboot schaukelte auf den Wellen, die heftig gegen die Steine klatschten. Jetzt verstand ich, weshalb Espen davon abriet, den Wal mit dem Boot aus seiner misslichen Lage zu befreien. Das Boot wäre garantiert hundert Meter durch die Luft geflogen. Mit einem Mal lag der Wal wieder ganz still im Wasser, wie ein Ausflugsdampfer, der friedlich auf seine Gäste wartet.

Niemand schien so recht zu wissen, wie es weitergehen sollte, als sich von der Küste ein Helikopter näherte. Zuerst dachte ich, dass zusätzliche Hilfe einträfe, doch es stellte sich schnell heraus, dass es bloß ein Kamerateam war, das das seltene Ereignis filmen wollte. Der Helikopter schwebte seitlich über dem Wal. Selbst am Strand spürten wir den Sog der Rotorblätter. Und einen Lärm machte die Maschine. Nicht, dass der Wal vor Angst noch durchdrehte. Espen gab dem Piloten mehrfach Zeichen, dass er verschwinden sollte. Der Pilot hielt stur seine Position. Espen brüllte aufgeregt in sein Sprechfunkgerät, das er mit sich führte. Man hätte den Eindruck gewinnen können, er würde direkt mit dem Piloten sprechen, in Wirklichkeit aber hatte er Kontakt mit dem Schiff der Küstenwache aufgenommen. Die Männer von der Küstenwache sollten den Piloten zur Umkehr bewegen. Wenig später drehte der Pilot tatsächlich ab. Er verschwand aber nicht gänzlich, sondern schwebte in einer Entfernung, die für den Wal bedeutend weniger stressig war. So waren wir wenigstens die Sorge los, er könnte vor Panik in Richtung Ufer schwimmen. Dann wäre er für immer verloren gewesen.

Bald erschien das Fernsehen auch am Strand. Espen und ein Mann von der Küstenwache mussten ständig Interviews geben. Der Wal lag noch immer hilflos im Wasser, als Espen mich auf einmal zu sich winkte. Ich wollte schon losstürzen, da bemerkte ich, dass ich ja noch das Kunststoffband in meinen Händen hielt. Ein blondes Mädchen war so nett und sprang für mich ein.

Espen erklärte mir, das dänische Fernsehen wolle mir ein paar Fragen stellen – schließlich hätte ich den Wal entdeckt. Ich, Finn Meyer, sollte ins Fernsehen. Meine Brust quoll fast über vor Stolz. Im gleichen Augenblick kamen mir Zweifel. Alles schön und gut, aber wie sollte ich mich verständlich machen? Bei meinen tollen Dänischkenntnissen.

Das Problem erübrigte sich von selbst. Die Frau vom Fernsehen sprach deutsch. Sie reichte mir lächelnd die Hand, nannte ihren Namen und von welchem Sender sie war. Ich verstand kein Wort, so aufgeregt war ich.

»Du hast also den Wal entdeckt«, sagte sie freundlich und hielt mir das Mikrofon unter die Nase.

Ich kriegte vor Aufregung die Zähne nicht auseinander und nickte bloß. In meiner Hilflosigkeit schielte ich hinüber zu Jenny. Ich Esel! Ich hatte nur an mich gedacht. Es war unverzeihlich. Natürlich hatte ich den Wal zuerst entdeckt. Aber war das wirklich so wichtig? Wenn ich schon ins Fernsehen sollte, dann gemeinsam mit Jenny.

»Eigentlich habe ich ihn zusammen mit meiner Freundin entdeckt«, sagte ich zu der Journalistin und winkte Jenny zu mir her.

Jenny kam sofort hergerannt.

»Das ist Jenny«, stellte ich sie der Journalistin vor. »Sie war von Anfang an dabei.«

Die Journalistin empfing sie mit der gleichen Freundlichkeit, mit der sie auch mich begrüßt hatte.

Ich nahm Jenny bei der Hand und fühlte mich gleich viel sicherer.

Der Kameramann filmte, wie Jenny und ich Händchen hielten. Es störte mich kein bisschen. Sollte ruhig alle Welt sehen, dass wir ein Herz und eine Seele waren.

Dann erzählte ich vor laufender Kamera, was am frühen Morgen geschehen war. Dass Jenny und ich in den Dünen übernachtet hätten, als ich plötzlich wach geworden wäre. Ich hätte gleich so ein merkwürdiges Gefühl gehabt, dass etwas nicht stimmte, und – hier wich ich bewusst ein wenig von der Wahrheit ab – sogleich Jenny geweckt. Gemeinsam wären wir dann zum Strand gelaufen und plötzlich hätten wir den Wal gesehen.

Ein verrückter Plan

JENNY Ich fand es unheimlich süß von Finn, dass er so tat, als hätten wir den Wal gemeinsam entdeckt. Aber es wäre nicht recht gewesen, mich mit fremden Federn zu schmücken. Es war sein Verdienst. Also sollte Finn auch ganz allein im Mittelpunkt stehen. Das Problem war nur, dass ich die Geschichte jetzt nicht anders erzählen konnte, sonst hätte Finn womöglich als Lügner dagestanden und das nur, weil er wollte, dass ich mit ihm ins Fernsehen kam.

»Wer von euch hat den Wal denn zuerst gesehen?«, wollte die Journalistin wissen.

»Jenny«, antwortete Finn.

Das war nun doch des Guten zu viel. »Finn hat ihn zuerst gesehen«, stellte ich die Sache richtig. »Ich habe ja fast noch geschlafen.«

Finn und ich grinsten uns unverblümt an.

»Und was hast du in diesem Augenblick gedacht?«, fragte die Journalistin Finn.

»Dass da ein ziemlich großer Stein im Wasser liegt«, antwortete Finn, »und dass er da am Abend vorher noch nicht gelegen hatte. Das fand ich komisch. Aber dann bewegte sich der Stein. Da erst begriff ich, dass der Stein ein Wal war. Ein Riesenwal!«

Die Journalistin bedankte sich und damit war das Interview auch schon vorbei. Ich blickte hinüber zum Wal. Der Arme! Jetzt hatten wir so viel über ihn geredet, aber wirklich getan hatten wir nichts für ihn.

»Lasst uns zurück zum Zelt gehen und erst einmal frühstücken«, schlug auf einmal Holger vor. »Ihr müsst ja einen Wahnsinnshunger haben!«

Frühstücken beim Zelt? Ich konnte doch jetzt nicht gemütlich frühstücken, während das Leben des Wals am seidenen Faden hing.

»Ich habe keinen Hunger«, behauptete Finn, als hätte er meine Gedanken erraten.

»Ich auch nicht!«, sagte ich, obwohl mein Magen fürchterlich knurrte.

Hanna durchschaute uns sofort. »Ihr habt wohl Angst, etwas zu verpassen?«

Wir durften bleiben.

»Dann bleibe ich auch hier!«, sagte Holger.

Hanna bot sich an uns allen ein paar Brötchen zu schmieren und kehrte zum Zelt zurück.

Irgendjemand kam auf die Idee, Eisenstangen in die Erde zu schlagen. Das hatte den Vorteil, dass man das Band nun um die Stangen wickeln konnte.

Holger erkundigte sich bei Espen nach dem neuesten Stand der Dinge.

Espen wirkte ziemlich ratlos. »Wenn der Wal wenigstens mit dem Kopf zum offenen Meer liegen würde, hätten wir vielleicht eine Chance. Wir könnten mit unserem Schlauchboot ein paar Mal ganz dicht an ihn heranfahren, bis ihn das Motorengeräusch so nervös macht, dass er zu schwimmen beginnt. Aber in dieser Position ist das aussichtslos. Wir brauchen dringend Hilfe und ich weiß auch schon, woher. Wenn uns einer helfen kann, dann ist es Morten.«

Morten sei *der* Walexperte in Dänemark, fügte er hinzu. Am besten, die Besatzung nahm so schnell wie möglich Kontakt mit ihm auf und schilderte ihm die Lage. Espen schaltete das Sprechfunkgerät ein und sprach mit dem Kapitän.

»Sie rufen ihn an!«, teilte uns Espen mit. Er klang recht zuversichtlich.

Davon war jedoch nichts mehr zu spüren, als die Antwort kam. Je länger Espen mit dem Kapitän sprach, umso sorgenvoller wurde seine Miene und umso unwohler fühlte ich mich.

»Morten ist auf einem Kongress in Stockholm«, klärte uns Espen schließlich auf. »Sie versuchen ihn in seinem Hotel zu erreichen. Es ist wohl besser, ich telefoniere selbst mit ihm. Ich muss zurück an Bord.«

»Du kannst mein Handy nehmen«, sagte Holger. »Das ist wesentlich praktischer.«

Espen nickte.

Stockholm lag auf der anderen Seite von Schweden, viele Hundert Kilometer weit weg, was die Sache wesentlich erschwerte.

Es dauerte eine Weile, bis sich der Kapitän wieder meldete. Die Nachrichten waren äußerst entmutigend. Morten war weder im Hotel noch über Handy erreichbar. Daraufhin ließ sich Espen von Holger das Handy geben und schickte Morten eine SMS. Der Rest bestand aus Warten. Und ich hasse Warten. Erst recht wenn das Leben eines Wals davon abhängt.

Hanna hatte inzwischen die Brötchen geschmiert. Eine ganze Tüte hatte sie dabei, einschließlich Kaffee und Saft. Auch Espen und die beiden Männer von der Küstenwache durften sich bedienen.

Finn und ich setzten uns auf die Steine. Kauend beobachteten wir den Wal. *Bitte, bitte, lieber Gott, mach, dass der Wal gerettet wird!*, betete ich im Tiefsten meines Herzens, wo die Angst am größten war.

»Glaubst du, er schafft es?«, fragte ich Finn in meiner Verzweiflung.

»Espen hat versprochen, dass alles getan wird, um ihn zu retten«, antwortete Finn. »Daran glaube ich!«

Seine Worte machten mir neuen Mut. Erleichtert lehnte ich meinen Kopf an seine Schulter.

Trotzdem. Ein bisschen komisch war es schon. Wir frühstückten hier im Angesicht des Wals und keiner fragte sich, wie es wohl um seinen Hunger stand.

Ich rannte zu Espen. »Wir müssen den Wal füttern, sonst verhungert er!«

Espen beruhigte mich sogleich. Den Wal zu füttern sei nicht nötig. Notfalls könne er einige Tage ohne

Nahrung auskommen. Außerdem wäre eine Fütterung gar nicht durchführbar, selbst wenn sie erforderlich sei. »Ein Wal bevorzugt Lebendfutter«, sagte er. »Hauptsächlich Krill. Oder größere Fische. Krill gibt es in diesen Gewässern nicht und die Fische würden ihm aufgrund seiner eingeschränkten Beweglichkeit entwischen. Der Wal wird mit Sicherheit nicht verhungern.«

Er klang so überzeugend, dass ich ihm glaubte und noch ein Brötchen aß.

Der Andrang hinter der Absperrung wurde immer größer. Die Leute filmten den Wal mit ihren Videokameras oder machten Fotos. Auch Holger schoss mit seinem Apparat einige Bilder. Mich machte das Interesse der vielen Menschen eher traurig. Ich bezweifelte, dass ihnen das Schicksal des Wals besonders nahe ging. Manche von ihnen – hauptsächlich jüngere Leute – machten sogar Scherze.

Der größte Feind des Wals war die Zeit. Sie schritt unaufhaltsam voran, ohne dass Morten sich meldete. Die Warterei machte mich fast verrückt.

»Warum ruft er nicht endlich an?«, fragte ich Finn alle zehn Minuten. Ich glaube, ich ging ihm damit ganz schön auf die Nerven.

Mittag war schon längst vorbei und noch immer kein Anruf von Morten. Ich schickte ein Stoßgebet nach dem anderen gen Himmel. *Bitte, bitte, lieber Gott, mach der Warterei endlich ein Ende!* Doch nichts passierte. Vielleicht brauchten woanders die Menschen viel dringender seine Hilfe und er hatte deshalb keine

Zeit für uns. Dennoch betete ich weiter. Irgendwann würde er sich die Zeit für uns nehmen müssen!

Plötzlich klingelte Holgers Handy. Holger blickte auf das Display und reichte das Handy Espen. Espens Gesicht und auch seine aufgeregte Stimme verrieten, dass es der ersehnte Anruf war. Gott hatte mein Flehen erhört.

Das Gespräch dauerte endlos. Jede Minute, die verstrich, verlängerte die Qual. Wie viel Warterei, so fragte ich mich, verträgt ein Mensch, ohne dass er den Verstand verliert?

Dann war das Gespräch zu Ende.

»Morten nimmt den nächsten Flieger nach Kopenhagen«, sagte Espen. »Dort holt ihn ein Helikopter ab und bringt ihn auf das Schiff. Es gibt einen Hubschrauberlandeplatz an Bord.«

»Wann wird er hier sein?«, fragte Holger.

»Drei, vier Stunden wird es noch dauern«, antwortete Espen.

Drei, vier Stunden! Ich sackte regelrecht in mich zusammen. Noch mehr Warterei. Wie sollte ich das überleben? Ich guckte Finn an und verdrehte die Augen zum Zeichen, wie niederschmetternd ich die Nachricht fand.

Finn blickte hilflos zurück. Für einen Augenblick sehnte ich mich danach, dass er mich in seine Arme nahm und mich einfach nur festhielt.

»Können wir denn bis dahin gar nichts für den Wal tun?«, fragte ich Espen verzweifelt.

Espen schüttelte den Kopf.

»Aber Morten hat doch schon einen Plan, wie der Wal gerettet werden kann?«, guckte ich ihn voller Erwartung an. Zu wissen, dass es einen Plan gibt, hätte die Warterei um so vieles erleichtert.

FINN Es gab keinen Plan. Damit war auch das letzte Fünkchen Hoffnung dahin. Niedergeschlagen sanken Jenny und ich in den Sand. Den Wal aber ließen wir nicht aus den Augen. Er lag noch immer friedlich da. Ob er Angst hatte? *Halte aus, bald naht Hilfe!*, hätte ich ihm am liebsten zugerufen.

Plötzlich hörte ich das Geräusch eines Helikopters. »Das ist Morten!«, rief ich und sprang auf. Endlich! Endlich war das Warten vorbei.

Es war aber nicht Morten. Es wäre auch gar nicht möglich gewesen, es sei denn, er wäre mit einem Düsenjet geflogen. Es war bloß wieder so ein Kamerateam, das den Wal filmen wollte. Die Enttäuschung fraß mir fast ein Loch in den Bauch.

Ich habe keine Ahnung, wie viel Zeit verstrichen war, als uns Holgers Handy aus unserer düsteren Stimmung riss. Gebannt starrten Jenny und ich auf Espen, der erneut mit Morten sprach.

»Wir brauchen ein Boot mit einem leistungsstärkeren Motor«, erklärte uns Espen nach dem Telefonat.

»Wozu?«, wollte Holger wissen.

»Es klingt verrückt«, meinte Espen. »Aber Morten meinte, dass wir versuchen sollten den Wal umzudrehen.«

»Umzudrehen?«, wiederholte Hanna, als hätte sie nicht richtig gehört.

»Seine Richtung ändern«, erklärte Espen. »So dass sein Kopf zum Meer zeigt. Dazu müssen wir ein Boot haben mit möglichst viel PS, ein so genanntes Speedboot. Mit dem Boot drücken wir dann gegen seinen Kopf und drehen den Wal um hundertachtzig Grad.«

Es klang wirklich verrückt, so verrückt, dass Jenny und ich nicht recht daran glauben mochten.

»Ist das bei einem Wal schon einmal versucht worden?«, erkundigte sich Hanna.

»Nicht, dass ich wüsste«, antwortete Espen. »Das ist auch gar nicht so sehr das Problem. Das Problem ist, dass unser Rettungswesen kein solches Speedboot hat.«

Na toll, dachte ich. Der Plan war nicht nur verrückt, sondern offensichtlich auch noch undurchführbar.

»Aber vielleicht weiß man an Bord, woher wir ein solches Boot bekommen«, sagte Espen und nahm mit dem Kapitän Sprechkontakt auf.

»Sie kümmern sich darum«, sagte er schließlich zu uns.

Sie kümmerten sich sogar ziemlich schnell darum, denn nur wenige Minuten später erfuhr Espen, dass es ein Speedboot in Deutschland gab, das sich bereits auf den Weg gemacht hatte.

»Das ist doch eine wunderbare Nachricht!«, meinte er und strich mir vor lauter Freude über den Kopf.

Mir war es schleierhaft, was daran wunderbar sein sollte. Ein Boot aus Deutschland. Bis ganz in den Norden von Dänemark. Das konnte Jahre dauern. Bis dahin würde ich um zwanzig Zentimeter gewachsen sein.

»Keine Angst, vielleicht sind sie noch früher da als Morten«, sagte Espen, der wohl an meinem Gesicht erkannt hatte, was mir im Kopf rumging.

»Wie das denn?«, fragte ich. Für Scherze war ich nun wirklich nicht in Stimmung.

»Dieses Speedboot hat um die siebenhundert PS«, antwortete Espen. »Damit flitzen die über das Wasser, das kannst du dir gar nicht vorstellen!«

Siebenhundert PS! Boaah! Ich war gespannt, wer eher da sein würde, das Speedboot oder Morten.

Ich tippte auf Morten und sollte damit Recht behalten. Ein Helikopter brachte ihn. Morten war kaum an Bord, da hob der Hubschrauber auch schon wieder ab.

Espen und ein Mann der Küstenwache stiegen in das Schlauchboot, um Morten abzuholen.

Ich blickte ihnen hinterher, als Jenny meine Hand ergriff. Sie musste nichts sagen – die zärtliche Geste verriet alles: die Hoffnung, die in sie zurückgekehrt war, aber auch die Furcht, dass der verrückte Plan nicht klappen könnte.

Holger sah hinauf in den Himmel. Dunkle Wolken zogen über uns hinweg. Ein schwacher Wind kam auf.

»Hoffentlich hält das Wetter«, hörte ich ihn zu Hanna sagen. Ich machte mir aber keine weiteren Gedanken darüber.

Mittlerweile hatten wir späten Nachmittag. Ich rechnete nach. Der Wal lag bereits mehr als zwölf Stunden da. Ganz schön lange. Zu lange. Es wurde Zeit, dass etwas passierte. Genau in diesem Augenblick näherte sich das Schlauchboot wieder der Küste. Der dritte Mann an Bord war vermutlich Morten, der Walexperte. Das Boot kam aber nicht ganz bis zum Strand, sondern hielt sich draußen beim Wal auf. Wahrscheinlich berieten sie, wie sie ihren verrückten Plan verwirklichen konnten.

Wieder verging einige Zeit. Zu allem Überfluss wurde der Wind immer stärker.

»Da!«, rief auf einmal Jenny und deutete die Küste hinauf.

Ein rotes Schlauchboot kam mit großer Geschwindigkeit angefegt. Es flog mehr, als dass es auf dem Wasser lag.

Das musste das Speedboot sein! Ich spürte, wie mein Adrenalin in die Höhe schoss. An Bord befanden sich drei Männer in ihren Schutzanzügen.

Das Boot, das zum Teil überdacht war, drosselte seine Geschwindigkeit und näherte sich langsam dem von Espen, bis sie ganz dicht beieinander lagen. Neben dem Speedboot sah das Schlauchboot von Espen richtig mickrig aus. Die Insassen begannen sich zu unterhalten, was bei dem Wellengang, der um einiges zugenommen hatte, gar nicht so einfach war. Schließlich nahmen die beiden Boote Kurs auf die Küste.

Die Männer stiegen an Land, wo sie ihre Unterhaltung gestenreich fortsetzten. Ihre Mienen gefielen mir gar nicht. Am allerwenigsten gefiel mir das Wetter. Die See wurde immer rauer.

Plötzlich wurde es hektisch. Die Männer vom Speedboot stiegen hastig an Bord und auch die beiden Männer von der Küstenwache sahen zu, dass sie in ihr Schlauchboot kamen. Dann brausten die beiden Boote davon. Nur Espen und Morten blieben zurück.

Jenny und ich blickten einander an. Sie wirkte genauso ratlos wie ich.

»Der Wetterdienst hat eine Sturmwarnung durchgegeben«, klärte Espen uns auf. »Wir müssen die Rettungsaktion verschieben.«

Verschieben? »Und der Wal?«, fragte ich ihn.

»Wir können im Augenblick nichts für ihn tun. Uns bleibt nichts anderes übrig als abzuwarten, bis das Wetter besser wird.«

Warten! Immerzu warten! Ich konnte das Wort nicht mehr hören. »Fährt das Speedboot jetzt wieder ganz zurück?«, fragte ich panisch.

»Die Boote laufen den Hafen von Skagen an«, antwortete Espen. »Sobald es das Wetter erlaubt, rücken sie wieder aus.«

Ein Trost war es trotzdem nicht. Ich war enttäuscht, am Boden zerstört. Jetzt hatten wir so lange ausgeharrt. Für nichts und wieder nichts. Am liebsten hätte ich mich in den Sand gesetzt und mich für die nächsten hundert Jahre nicht mehr von der Stelle gerührt. Die Hoffnung war dahin, lag versunken neben der Titanic.

Ein Blick in Jennys traurige Augen genügte, um zu wissen, dass es ihr keinen Deut besser ging als mir. Hätte ich die Kraft gehabt, wäre ich zu ihr hingelaufen und hätte sie in meine Arme genommen. So aber sah ich sie auf eine Weise an, die ziemlich deutlich machte, dass von mir keine Hilfe zu erwarten war, weil ich nämlich selber dringend Hilfe benötigte. Wenn sie klug war, nahm sie mir diese kleine Schwäche nicht krumm. Ein Mann ist auch nur ein Mensch.

»Das sind übrigens Finn und Jenny«, stellte uns Espen Morten vor. »Sie haben den Wal entdeckt.«

»Ah!«, sagte Morten.

Morten war ein freundlicher, älterer Herr mit lichtem Haar, dessen kleiner runder Bauch unter dem engen Schutzanzug deutlich zu erkennen war.

»Wird der Wal bei einem Sturm denn nicht an den Strand gespült?«, wollte Holger plötzlich von Espen wissen und jagte mir damit einen gewaltigen Schreck ein.

Espen zögerte mit der Antwort. »Ganz auszuschließen ist es nicht. Aber gleichzeitig entsteht dabei eine Unterströmung, durch die der Wal genauso gut wieder zurückgetrieben werden kann.«

O Mann, hätte Papa nur nicht diese Frage gestellt. Jetzt ging das Zittern erst richtig los. Das, was wir bis dahin erlebt hatten, sollte also lediglich ein kleiner Vorgeschmack auf das sein, was vor uns lag.

Der Wind nahm spürbar zu. Der Himmel hing voll schwarzer Wolken und auf den Wellen tanzten die Schaumkronen. Von den Booten war nichts mehr zu sehen. Sie waren bereits unterwegs nach Skagen.

Die Leute hinter der Absperrung verließen nach und nach den Strand, um ihre Stellplätze gegen den aufkommenden Sturm zu sichern. Nur ein paar Hartgesottene blieben noch und stillten ihre grenzenlose Neugierde.

Auch Papa drängte zur Rückkehr. Er wollte verhindern, dass die Zelte durch die Gegend flogen, und die Heringe vorsorglich noch tiefer in den Boden schlagen.

Espen und Morten beschlossen noch eine Weile die Stellung zu halten. Jenny und ich hätten uns ihnen gern angeschlossen, als es auf einmal zu regnen begann. Zuerst waren es nur ein paar dicke Tropfen, dann schüttete es wie aus Kübeln. Wir mussten zurück, ob wir wollten oder nicht. Ich schnappte Jennys Hand und rannte mit ihr zum Zelt. Holger und Hanna ließen nicht lange auf sich warten. Espen und Morten waren gleich mitgekommen. Bei dem scheußlichen Wetter machte es auch für sie keinen Sinn, am Strand auszuharren. Jetzt war der Wal ganz auf sich allein gestellt.

JENNY Wir saßen alle zusammen in dem großen Zelt. Damit sie nicht den ganzen Abend in ihren Schutzanzügen herumlaufen mussten, hatten Holger und Hanna Morten und Espen ein paar Sachen zum Wechseln gegeben. Draußen tobte der Sturm. Das Zelt flatterte an allen Ecken. Ununterbrochen prasselte der Regen hernieder. Hanna hatte noch schnell am Kiosk ein paar Dosensuppen gekauft und alles in einem großen Topf auf dem Gaskocher zubereitet. Die warme Mahlzeit tat mir zwar gut, machte mich aber auch schläfrig. Kein Wunder, bei den vielen Stunden, die Finn und ich auf den Beinen waren.

»Wie kommt es überhaupt dazu, dass ein Wal die Orientierung verliert und in die Ostsee schwimmt?«, wollte Hanna von Morten wissen.

»Darüber weiß man nur wenig«, antwortete Morten, der wie Espen gut deutsch sprach. Es gäbe viele Versuche, dieses Phänomen zu erklären, aber keine

Beweise. Denkbar sei, dass die Umweltverschmutzung eine entscheidende Rolle spiele und sich die Giftstoffe im Meer negativ auf den Orientierungssinn auswirkten. Vielleicht liege es aber auch an den vielen Bohrtürmen nördlich der Shetlandinseln. »Diese Bohrtürme erzeugen jede Menge Lärm. Dabei entstehen Töne, die wir Menschen gar nicht wahrnehmen können, das empfindliche Gehör des Wals aber schon. Es ist also gut möglich, dass diese Töne den Wal so durcheinander bringen, dass er seinen Kurs ändert und schließlich jegliche Orientierung verliert. Wie gesagt, wissenschaftlich bewiesen ist das nicht.«

Finn interessierte etwas ganz anderes. »Hat ein Wal schon mal einen Menschen gefressen?«

Morton lächelte. »Das ist höchst unwahrscheinlich. Natürlich hat es viele Unfälle gegeben, als man noch auf Walfang ging. Da konnte es schon mal passieren, dass ein harpunierter Wal das Boot der Walfänger rammte und die Männer ins Meer stürzten. Wer nicht schwimmen konnte, ertrank. Auf diese Weise ist sicher das Märchen vom Menschen fressenden Wal entstanden.«

»Wale bevorzugen weiche Nahrung«, fügte Espen hinzu. »Zum Beispiel Krill. Das ist ein Krebs von etwa sechs Zentimeter Länge.«

»Nur sechs Zentimeter?«, wunderte ich mich. »Wie soll ein Wal davon satt werden?« Mir brummte der Kopf und meine Wangen glühten, so erschöpft war ich.

»Indem er davon ein paar Tonnen pro Tag vertilgt«, antwortete Espen. »Die fängt er aber nicht einzeln, sondern er macht sich über Schwärme her. Es gibt Schwärme, die sind so groß wie eine Stadt.«

»Ja?« Ich konnte es kaum glauben.

»Stimmt es, dass Wale auch Kraken fressen?«, erkundigte sich Hanna.

Espen nickte. »In den Mägen von toten Walen hat man schon Kraken mit Fangarmen bis zu einer Länge von siebzehn Metern entdeckt.«

Ich hatte große Mühe, die Augen offen zu halten, so interessant die Unterhaltung auch war. Auch Finn machte nicht mehr den frischesten Eindruck. Ich musste gähnen.

»Ihr geht wohl besser schlafen«, sagte Hanna zu Finn und mir. »Es war ein anstrengender Tag für euch.«

Finn und ich protestierten zuerst. Das Schicksal des Wals war wichtiger als eine Portion Schlaf. Die Vorstellung, er könnte bei dem Sturm an Land gespült werden, wühlte mich derart auf, dass ich wieder munter wurde. Aber nur für ein paar Sekunden. Dann kehrte die Müdigkeit mit aller Macht zurück.

»In dieser Nacht können wir sowieso nichts mehr für ihn tun«, sagte Espen. »Selbst wenn der Sturm aufhören sollte. Wir müssen bis zum nächsten Morgen warten, wenn es wieder hell ist.«

»Guckt ihr auch zwischendurch nach dem Wal?«, fragte ich Espen.

»Auf jeden Fall«, antwortete er.

Holger versprach uns sofort zu wecken, sobald die Rettungsaktion beginnen würde.

Müde und erschöpft krabbelten wir in unser Zelt.

Der Regen hatte etwas aufgehört, doch der Sturm hatte nichts von seiner Stärke eingebüßt.

Ich war mit meinen Kräften so am Ende, dass ich mich förmlich zwingen musste in meinen Schlafsack zu kriechen. »Blöd, dass ausgerechnet heute ein Sturm aufkommen muss«, sagte ich zu Finn.

»Mhh!«, entgegnete er. Er war auch schon mal gesprächiger.

»Was denkst du?«, fragte ich ihn. »Übersteht der Wal den Sturm?«

»Du musst fest daran glauben. Das hilft ihm bestimmt.«

»Wir müssen fest daran glauben«, verbesserte ich ihn.

Finn schwieg.

»Finn?«

»Ja?« Er klang schon ganz schläfrig.

»Warum hast du eigentlich zu der Frau vom Fernsehen gesagt, dass ich den Wal entdeckt hätte?«

»Weil es völlig egal ist, wer ihn entdeckt hat«, antwortete er. »Du oder ich. Was spielt das für eine Rolle? Du hättest es genauso gemacht.«

Da war ich mir nicht so sicher. »Weißt du was? Ich liebe dich!«

»Ich dich auch.«

Wenn ich nicht so erschöpft gewesen wäre, wäre ich samt Schlafsack zu ihm gerobbt und hätte ihm einen Kuss gegeben. »Deine Hand«, sagte ich, die Augen schon halb geschlossen.

»Was ist damit?«

»Ich möchte sie spüren.«

Ich tastete nach seiner ausgestreckten Hand und bekam sie schließlich zu fassen. Zufrieden legte ich meine Hand in die seine. Das Letzte, das ich hörte, bevor ich einschlief, war das wilde Pfeifen des nicht enden wollenden Sturms ...

... »Hilfe!«, kreischte ich. »Hilfe!« Die See tobte ohne Unterlass und die meterhohen Wellen machten mit unserem Schlauchboot, was sie wollten.

»Du musst rudern!«, schrie Finn. »Sonst werden wir immer weiter hinausgetrieben!«

»Ich kann nicht mehr!«

»Doch, du kannst!«

»Wir sind verloren!«

»Du darfst nicht aufgeben!«

Ich war wie gelähmt aus Furcht, die unbarmherzige See könnte uns doch noch schlucken.

Plötzlich erfasste eine riesige Welle unser Boot und spülte mich über Bord. Ich wurde unter Wasser gedrückt und wollte wieder nach oben. Ich paddelte verzweifelt mit Händen und Füßen. Es nützte nichts. Immer wenn ich dachte, ich hätte endlich die Oberfläche erreicht, versank ich von neuem in der Tiefe, bis meine Kräfte erlahmten und ich gänzlich zu ertrinken drohte. Ich sank tiefer und tiefer, als sich mir ein riesiger Schatten näherte. Der Schatten war ein Wal. Er tauchte unter mich und hob mich mit seinem mächtigen Körper vorsichtig an die Oberfläche. Er tauchte genau neben unserem Schlauchboot auf.

»Jenny!«, schrie Finn. »Jenny!«

Der Sturm hatte nachgelassen. Das Schlauchboot trieb ruhig auf dem Meer.

»Jenny!« Finn reichte mir seine Hand, um mich an Bord zu ziehen. »Jenny!«

Unsere Fingerspitzen berührten sich. Gleich war ich gerettet. Doch jedes Mal, wenn Finn meine Hand packen wollte, wurde der Abstand wieder größer, so dass er mit seinen Bemühungen von neuem beginnen musste.

»Jenny!« …

… »Mhhh?«, murmelte ich. Warum rüttelte Finn mich so? Nicht, dass ich wieder ins Wasser fiel.

»Jenny!«

Und weshalb schrie er immerzu?

»Mhhh!« Ich machte die Augen auf und erkannte das Gesicht von Finn.

»Bin ich an Bord?«, murmelte ich.

»Es geht los!«, sagte Finn. Seine Stimme klang wie aus einem fernen Land.

Zufrieden schloss ich die Augen. Ich wollte noch etwas Schlaf nachholen und von dem freundlichen Wal träumen. Ohne ihn wäre ich in den Fluten des Meeres ertrunken.

»Das Speedboot ist schon da!«, sagte Finn und rüttelte mich erneut.

Speedboot? Ich riss die Augen auf. Der Wal! »Jetzt schon?«, fragte ich, weil ich nicht glauben konnte, dass ich länger als fünf Minuten geschlafen hatte. Ich warf einen Blick durch den Zelteingang. Es war bereits hell, aber noch schien die Sonne nicht am Himmel zu stehen. Umständlich schälte ich mich aus dem Schlafsack.

»Der Sturm ist vorüber«, sagte Finn. »Dem Wal ist nichts passiert.«

Das war wirklich eine gute Nachricht. Ich beeilte mich mit dem Anziehen und rannte mit Finn zum Strand. Die anderen waren schon da, Hanna und Holger, Espen und Morten, die beide wieder ihre roten Schutzanzüge trugen, und auch wieder jede Menge Schaulustiger, obwohl es erst vier Uhr morgens war.

Der Wal lag an derselben Stelle wie am Tag zuvor. Als hätte es nie einen Sturm gegeben. Und auch die See verhielt sich völlig ruhig. Die besten Voraussetzungen für die Rettung des Wals. Doch das Speedboot konnte ich nirgendwo entdecken.

»Du hast gesagt, das Speedboot ist schon da«, wandte ich mich enttäuscht an Finn.

»Es ist unterwegs«, klärte mich Holger auf.

Finn hatte mich angeschwindelt. Ich strafte ihn mit einem tadelnden Blick.

Finn zuckte mit den Schultern. »Anders hätte ich dich nicht wach gekriegt«, sagte er zu seiner Entschuldigung.

Ich kannte mich ja und wusste daher nur zu gut, wie schwierig es war, mich morgens zu wecken. Also nahm ich ihm den kleinen Schwindel nicht weiter übel.

FINN Dieses Mal wurde unsere Geduld nicht ganz so strapaziert. Das Speedboot kam in hohem Tempo angebraust. Mit gedrosselter Geschwindigkeit nahm es Kurs auf den Strand, wo es schließlich anlegte. Die drei Insassen stiegen aus und beratschlagten sich mit Espen und Morten. Währenddessen näherte sich das Boot der Küstenwache. Es nahm die gleiche Position ein wie am Vortag. Wieder wurde ein Schlauchboot ins Wasser gelassen, das nur wenig später das Ufer erreichte. Die Spannung wuchs ins Unermessliche.

Endlich war es so weit. Morten stieg mit zwei Männern in das Speedboot, Espen und die anderen blieben an Land.

Der Steuermann ließ den Motor an. Was für ein Klang! Man konnte die Kraft von siebenhundert Pferdestärken förmlich spüren. Wie gern hätte ich jetzt in dem Boot gesessen. Der Steuermann legte den Rückwärtsgang ein und legte ab.

»O Gott, bin ich aufgeregt!«, sagte Jenny. »Fühl mal meine Hände, wie feucht die sind!«

»Und meine erst!«, sagte ich. Ein Hering hätte in jeder Handfläche bequem seine Runden drehen können.

Vorsichtig näherte sich das Speedboot dem Wal. Morten stand aufrecht im Bug und beobachtete das Manöver. Jetzt waren es nur noch ganz wenige Meter. Gleich hatte das Speedboot den Kopf des Wals erreicht. Plötzlich gab Morten dem Steuermann ein Zeichen. Der Bug hatte Kontakt mit dem Wal.

Nun brachte der Steuermann den Motor nach und nach auf Touren.

Noch rührte sich der Wal kein Stück.

Jenny konnte kaum noch ruhig stehen, so fieberte sie mit. Meine Nerven waren nicht weniger angespannt. O Mann, das hier war packender als jeder Krimi.

Morten hatte sich inzwischen in die Mitte des Bootes begeben. Der Motor wurde immer höher gefahren und heulte umso lauter auf. Am Heck, wo die Düsen waren, wurde das Wasser nur so in die Luft gewirbelt.

Der Wal rührte sich nach wie vor nicht vom Fleck.

Komm schon! Mach!, schrie ich den Koloss im Geiste an.

Der Steuermann gab weiter Stoff. Mit aller Kraft drückte das Boot gegen den Kopf des Wals.

Da geschah das Wunder.

»Er dreht sich! Er dreht sich!«, rief Jenny und fing vor lauter Aufregung an zu hüpfen.

Der Wal drehte sich tatsächlich. »Yeah!«, schrie ich, als wäre es bereits geschafft.

Stück für Stück wurde der Wal mithilfe des Bootes gedreht. Es sah beinahe schon spielerisch aus. Der Lärm des Motors aber und das aufspritzende Wasser verdeutlichten, welch ungeheuerliche Kraft dafür nötig war.

Dann war das Kunststück vollbracht. Der Wal lag mit dem Kopf zum offenen Meer.

Vor lauter Begeisterung klatschten die Leute Beifall. Jenny und ich, von der Euphorie angesteckt, klatschten begeistert mit.

Jetzt brauchte der Wal nur zu schwimmen und er war in Sicherheit.

Gebannt starrten wir zu ihm hin. Gleich, gleich würde er in Freiheit sein. Doch der Pottwal blieb, wo er war.

»Warum schwimmt er nicht los?«, wollte Jenny wissen.

Das Gleiche fragte ich mich auch.

Die Minuten vergingen, ohne dass sich etwas Entscheidendes tat.

»Nun schwimm doch!«, sagte Jenny und stampfte mit dem Fuß auf den Boden.

Espen meinte, dass der Wal durch das Wendemanöver vermutlich zu verstört sei und sich von den Strapazen erst einmal erholen müsse.

Das leuchtete mir durchaus ein. »Wie lange kann das dauern?«, fragte ich ihn.

»Vielleicht ein paar Minuten«, antwortete er, »vielleicht auch Stunden.«

Jenny und ich guckten uns an. Ihr Blick verriet mir, dass sie dasselbe dachte wie ich: Wieder warten!

Damit sich der Wal schneller erholen konnte, kehrte das Speedboot an Land zurück.

Unentwegt starrten wir auf den Wal. Der lag friedlich da, als gedenke er den Rest seines Lebens am Strand von Skagen zu verbringen. Bange Minuten verstrichen. Ich fand, der Wal hatte sich nun lange genug erholt.

»Er bewegt sich!«, rief Hanna auf einmal.

Wie elektrisiert schauten wir hinaus auf das Wasser. Endlich! Endlich hatte sich der Wal besonnen. Wie ein alter Ausflugsdampfer, der in langsamer, behäbiger Fahrt den Hafen verlässt, fing er an zu schwimmen.

Jenny und ich fielen uns vor lauter Freude um den Hals

und auch bei den Schaulustigen entlud sich die Erleichterung in ein einziges Jubelgeschrei.

Der Wal schwamm immer weiter hinaus.

»Yeah!«, rief ich und versuchte Jenny in meiner Freude hochzuheben. Dabei verlor ich das Gleichgewicht und fiel mit ihr in den Sand. Wir mussten beide lachen.

Was war das Leben doch schön!

Auf einmal sah ich, wie sich die Männer an den Booten zu schaffen machten. Ich stand auf und rannte zu Espen.

»Wo wollt ihr hin?«, fragte ich ihn.

»Wir wollen den Wal ein Stück begleiten.«

»Dürfen wir mit?«

»Das geht leider nicht.«

»Ach bitte«, sagte da Jenny, die mir unmittelbar gefolgt war. »Wir haben den Wal zuerst entdeckt, dann haben wir auch ein Recht, bis zum Schluss dabei zu sein!«

Ich hätte es nicht treffender formulieren können.

Wie sich herausstellte, beabsichtigte Espen auf das Schiff der Küstenwache zurückzukehren, während Morten den Wal mit der Besatzung des Speedbootes verfolgen wollte. Auf dem großen Schiff würden Jenny und ich zweifellos sicher sein. Doch für die Überfahrt benötigten wir Schwimmwesten. Zum Glück hatten die Männer vom Speedboot welche dabei, so dass Espen seinen Widerstand schließlich aufgab, aber erst nachdem er sich von Papa dessen Einverständnis hatte geben lassen.

Jenny und ich streiften rasch die Schwimmwesten über und stiegen zu Espen in das Schlauchboot. Ein bisschen mulmig war mir bei der Fahrt schon, zumal ich mich nirgends so richtig festhalten konnte. Auch Jenny schien die Schaukelei alles andere als zu genießen und trotzdem fand ich, dass sie ungemein tapfer war.

Wir hatten etwa die Hälfte der Strecke zurückgelegt, als sich der Kapitän per Funk bei Espen meldete. Espen hörte sich an, was der Kapitän zu sagen hatte, und guckte dabei hinaus auf das Meer.

»Der Wal hat eine Pause eingelegt!«, erklärte uns Espen. Wegen des lauten Motors musste er regelrecht brüllen.

»Was bedeutet das?«, brüllte ich zurück und begann mir schon wieder Sorgen zu machen.

»Ich weiß nicht!«, meinte Espen und rief dem Mann am Motor etwas zu.

Der Mann änderte sogleich den Kurs und fuhr ein Stück auf das offene Meer hinaus, genau auf das Speedboot zu, das ruhig auf der spiegelglatten Ostsee trieb.

Dann sahen wir den Buckel des Wals. Wir näherten uns bis auf zehn, fünfzehn Meter. Ich blickte dem Wal direkt in sein winziges Auge. Er beobachtete uns. Sonderlich wohl fühlte ich mich nicht dabei.

Plötzlich tauchte er seinen Kopf unter Wasser, tauchte ebenso schnell wieder auf und spie eine riesige Fontäne aus seinem Atemloch. Die Gischt erreichte sogar unser Boot und spritzte mir ins Gesicht.

»Äh!«, sagte ich. »Das stinkt!« Es stank wie Hölle. Wie jahrhundertealter, vergammelter Fisch.

Auch Jenny fand die ungewollte Dusche nicht sehr lustig.

Nur Espen musste lachen.

Es war schon eine merkwürdige Art des Wals, sich auf

diese Weise zu bedanken. Ich hätte gut und gern darauf verzichten können und wischte mir die salzigen, übel riechenden Wasserspritzer aus dem Gesicht. Vielleicht war es aber auch eine Art letzter Gruß, denn auf einmal setzte der Wal seinen Weg in die Freiheit fort.

Während das Speedboot den Wal weiter begleitete, nahm das Schlauchboot Kurs auf das Schiff der Küstenwache, wo es am Heck längsseits anlegte. Dort war die Bordwand nicht ganz so hoch.

Jenny sollte zuerst auf das Schiff. Vom Wulst des Schlauchbootes stieg sie zwei Stufen einer Leiter hinauf. Espen sicherte Jenny mit seinen Händen ab, während ein Mann von der Küstenwache sie am Kragen ihrer Schwimmweste packte und ihr auf diese Weise an Bord verhalf.

Genauso machten sie es mit mir. Espen führte uns zur Kommandobrücke hinauf, wo der Kapitän Jenny und mich mit Handschlag begrüßte. Ich war mächtig stolz darauf. Schließlich geschah es nicht alle Tage, dass mir ein Kapitän die Hand reichte.

Das Schlauchboot war kaum an Bord, als das Schiff die Fahrt aufnahm. Bald hatten wir den Pottwal eingeholt. Jetzt schien er es richtig eilig zu haben, in die Weiten des Meeres zu entkommen. Das Speedboot und unser Schiff begleiteten ihn, indem wir ihn in unsere Mitte nahmen. Dabei behielten die Boote genügend Abstand.

Ich hätte lieber mit Jenny an der Reling gestanden und von dort aus den Wal beobachtet. Ich fragte Espen, ob das möglich war. Er nickte und begleitete uns die Stufen hinab. Der Wind wehte uns ganz schön um die Nase.

»Kann dem Wal jetzt eigentlich noch was passieren?«, fragte Jenny Espen.

»Wenn er den Kurs beibehält, nicht«, antwortete er.

Der Wal legte keine einzige Pause mehr ein. Unentwegt schwamm er auf das offene Meer hinaus.

Jenny und ich blickten uns freudestrahlend an. Wie sehr hatten wir diesen Moment herbeigesehnt. Es war ein solch fantastischer Anblick, dass ich Gänsehaut bekam.

Wir begleiteten den Wal eine ganze Weile – das Land war längst nicht mehr in Sicht. Plötzlich tauchte der Wal ganz unter Wasser.

»Ist er jetzt weg?«, fragte Jenny Espen enttäuscht.

»Er kommt gleich wieder.« Wale täten das immer so, bevor sie gänzlich abtauchten, meinte er noch.

Espen sollte Recht behalten. Kaum war der Wal wieder an der Oberfläche, tauchte er ein zweites Mal ab. Seine riesige Schwanzflosse war das Letzte, was wir von ihm sahen – als winkte er uns zum Abschied zu.

»Jetzt ist er in seinem Element«, sagte Espen.

»Mach's gut, Wal!«, rief ich dem König der Meere hinterher. Der Abschiedsschmerz schnürte mir fast die Brust zu.

»Leb wohl!«, rief Jenny. Auch ihr ging der Abschied nah.

Espen suchte die Wasseroberfläche mit seinem Fernglas ab, falls der Wal wider Erwarten auftauchen sollte. Doch der Wal blieb auf dem Grund des Meeres. Dreißig, vierzig Minuten würde er nun unter Wasser schwimmen. Und wenn er wieder Luft holte, würde er seinem ursprünglichen Ziel ein gutes Stück näher sein.

»Freut euch«, versuchte Espen uns aufzumuntern. »Der Wal ist in Freiheit.«

Jenny wischte sich eine Träne aus dem Gesicht.

»Weinst du jetzt vor Glück oder weil du traurig bist?«, fragte ich sie.

»Ich weiß nicht«, schniefte sie und lächelte gequält. Und schon schickte sich die nächste Träne zu einem kleinen Ausflug an.

Ich beugte mich zu ihr hinüber, küsste sie zärtlich auf die Wange und nahm sie in meine Arme.

»Lass mich nie wieder los«, hauchte sie mir ins Ohr.

Ich stellte mir das ganz schön schwierig vor. Sie nie wieder loszulassen. Der Mensch hat ja noch andere Dinge zu tun, für die er seine Hände braucht. Aber dann begriff ich, dass sie es wohl nicht ganz so wörtlich gemeint hatte.

»Nicht in vier Trillionen Jahren!«, versprach ich ihr und drückte sie ganz fest an mein Herz.

Inhalt

Vorfreude ist die beste Freude 5
Dumm gelaufen 16
Versöhnung 26
Pack die Badehose ein 39
Zwickmühle 49
Oh Wunder 62
Bange Minuten 75
Frecher Rabe Fridolin 90
Nordsee küsst Ostsee 105
Hand in Hand 118
Sternennacht 132
Gestrandet 149
Ein verrückter Plan 163
Leb wohl! 176